黒の創造召喚師

The Black Create Summoner

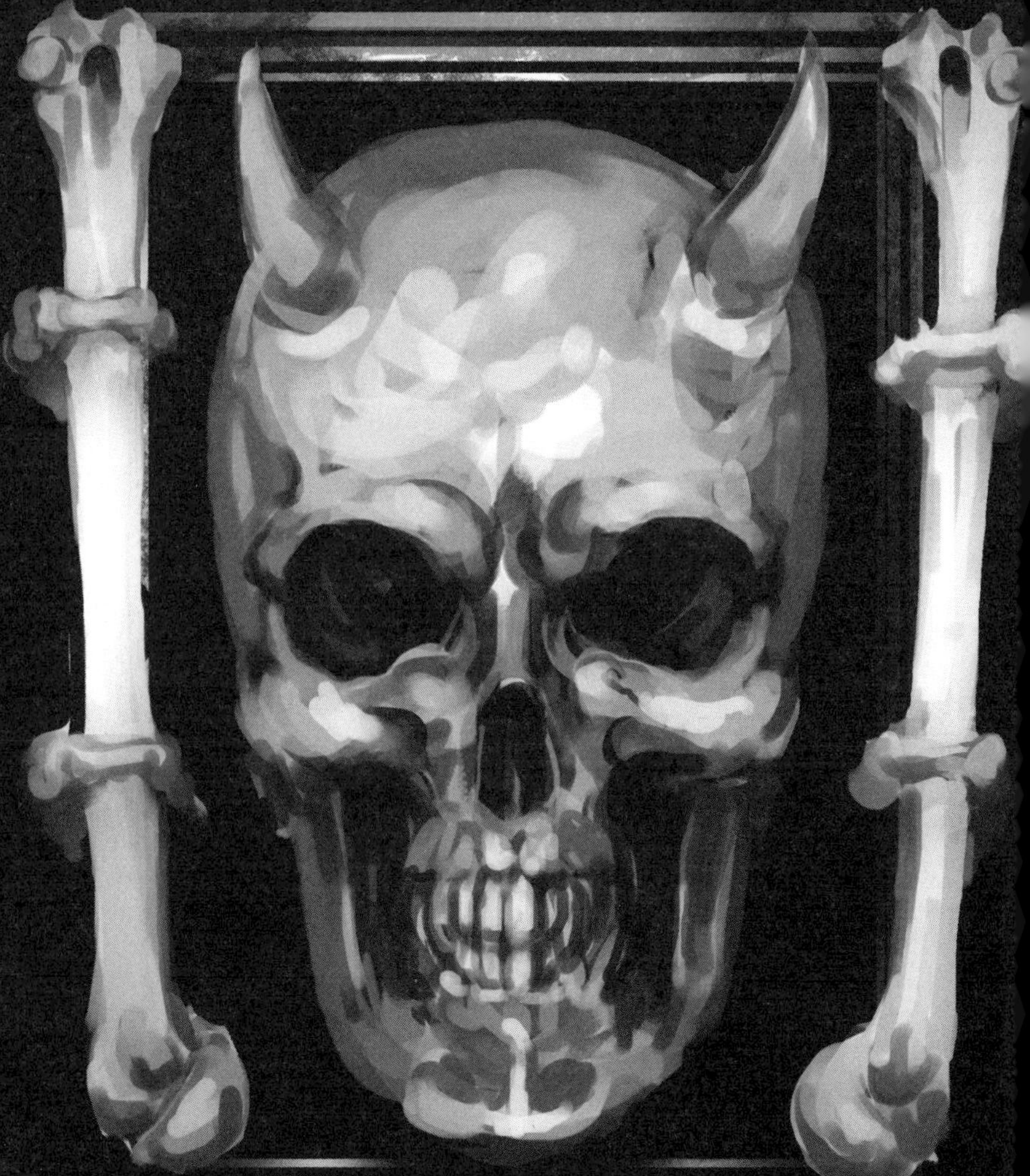

幾威空 Ikui Sora

目次

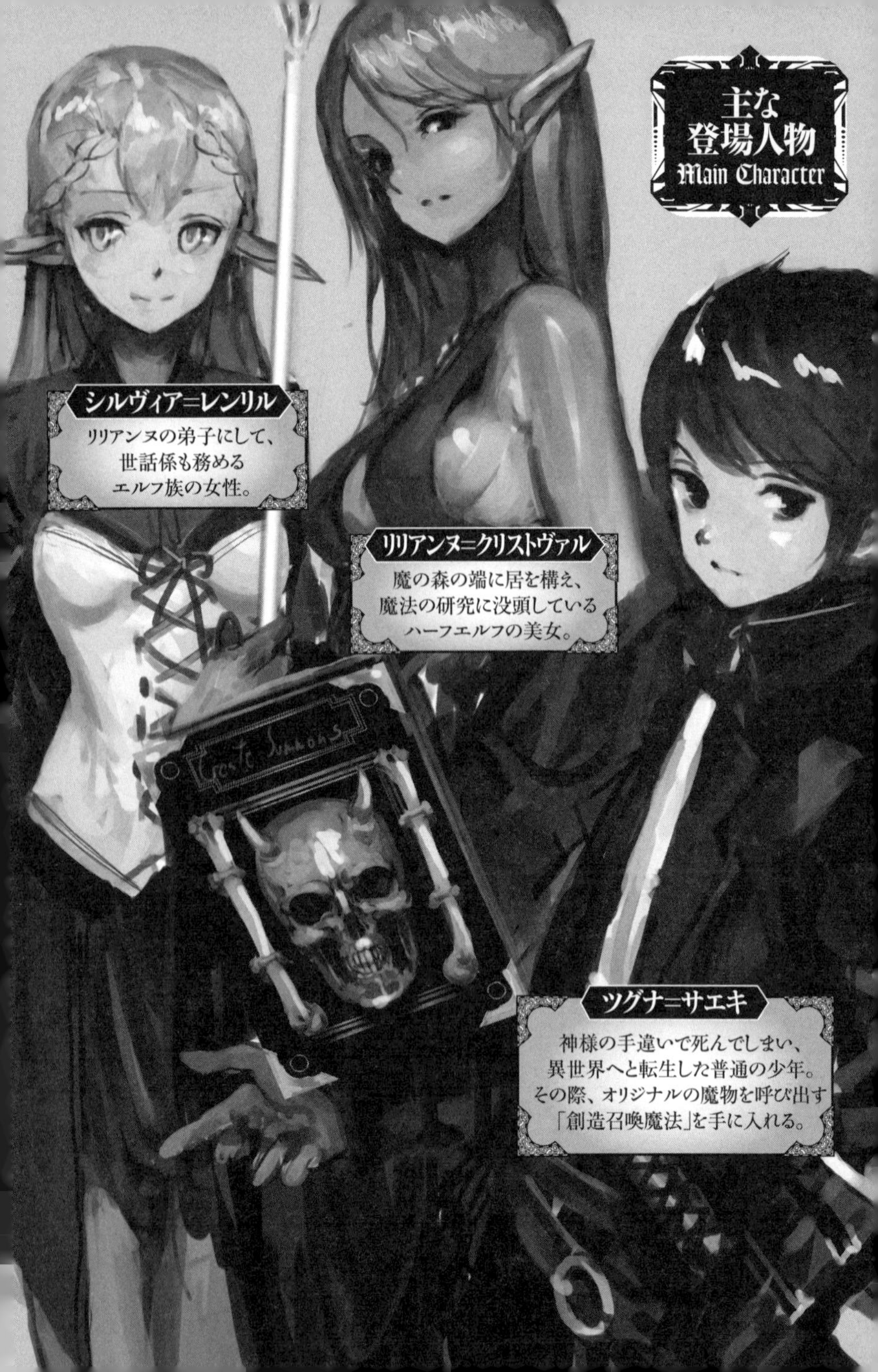
主な
登場人物
Main Character
シルヴィア=レンリル
リリアンヌの弟子にして、
世話係も務める
エルフ族の女性。
リリアンヌ=クリストヴァル
魔の森の端に居を構え、
魔法の研究に没頭している
ハーフエルフの美女。
ツグナ=サエキ
神様の手違いで死んでしまい、
異世界へと転生した普通の少年。
その際、オリジナルの魔物を呼び出す
「創造召喚魔法」を手に入れる。

ユティス=レイヴィハリア
柔らかい笑顔の裏に
ただならぬ何かを隠した、
リアベルの街のギルド受付嬢。
クロウス=アズラエル
リアベルにあるギルドの
サブマスターを務める、
猫耳の獣人男性。
ソアラ=レミントン
狐耳を生やした獣人の少女。
ギルドへの参加試験で
ツグナと出会う。
ディエヴス
神様の一人で、
ツグナを死なせた張本人。
ツグナに転生するよう促し、
お詫びに特典《ボーナス》を与えて送り出す。

第0話　BAD ENDは手違いから

「――……え……て」

かすかに耳朶《じだ》を打つ声。それはぼんやりと霞《かすみ》がかった意識に小さく届く。

「ね――……ば、お……てよ」

声が次第にはっきりと聞き取れるようになっていく。それにつれ、意識もクリアになる。

「う……うん……」

ふわふわと心地よい気分を台無しにするかのような声に不機嫌になりつつ、うっすらと瞼《まぶた》を開いていくと――

「よかったぁ～。ちゃんと起きてくれたね！」

そこには、にこにこと微笑みながら見下ろしてくる幼い男の子がいた。フード付きの白いローブを身につけ、見つめる瞳はくりっとした可愛さを宿している。

よほどローブが長いらしく、裾を引き摺《ず》っているのは御愛嬌《ごあいきょう》だろう。

「こ、ここは……？」

ゆっくりと上半身を起こす。目の前には見覚えのない、真っ白な空間が広がっていた。

「うん？　ここがどこかって訊《き》かれてもなぁ……」

届いた質問に少しばかり苦笑を浮かべながら、隣に立つ男の子はハッキリと告げた。

「ここは――……冥界《めいかい》への入口だよ」

「……はっ？」

「だから、『冥界への入口』なんだってば！」

頬を膨《ふく》らませてぷんすかと怒り顔になるが、全くもって怒っているという印象は受けない。

「冥……界？」

意味が分からず、ただオウム返しにそう呟《つぶや》く。男の子はその言葉に気をよくしたのか、続けざまに衝撃的な言葉を告げる。

「そう、ここは死んだ魂《たましい》が流れ着く場所だよ。さっくり結論から言っちゃえば、キミは死んだんだ――今から約一時間前にね。佐伯継那《さえきつぐな》クン」

満面の笑みで告げられた死亡宣告に、継那と呼ばれた少年は固まるほかなかった。

◆◇◆◇◆

「俺が……死んだ？」

あまりに唐突な宣告に、継那は思わず訊き返してしまう。できれば嘘であって欲しい、というわずかばかりの期待も……

「モチのロンだね。国士無双《こくしむそう》レベルで」

「国士無双って」

「役満《やくまん》でも可」

「……麻雀《マージャン》かよ」

「テヘッ★」

これでもかというほど可愛らしい笑みを浮かべながら、腹黒そうな男の子はさらりと受け流す。

「……ちなみに死因は？」

「冗談じゃないぞ」と思う継那だったが、ここで取り乱すのも格好が悪い。

(俺自身、誘拐とかに巻き込まれた記憶はない。病気、という線もあるが可能性は低いだろう……なら、なぜ？)

継那がそう考えるのも無理はない。思い返せば、彼は大多数のうちの一人とも表現できる一般人——それも今年の春に高校に入学したばかりの学生であった。命を脅《おびや》かされるほどの深刻な病に侵された記憶もない。

そんな人間に降って湧いた死亡宣告である。誰であれ、そうした唐突過ぎる宣告にこのような思いを抱くのは当然と言えば当然だろう。

ふつふつと湧き上がる疑問と怒りを内に秘めつつも、せめて詳しい話を聞いた後で態度を明確にしようと、継那は感情を抑え込んだ。「冥界の入口」という言葉の真偽は分からないが、ここが見慣れた自分の部屋ではないことは明らかなのだ。

「う～んと、普通に事故死だね」

「事故？　だって、俺は家でテレビを見てただけだぞ？」

直前の記憶を掘り返して、告げられた死因に首を傾《かし》げるしかない継那だった。確か、いつものように居間でテレビを見ながら、夕食後の時間をだらだらと過ごしていたはずだ。

「まぁ、その後のことを知らないからそう感じるのかもね。あぁ、それとも死ぬ前後の記憶が飛んでるのかな？　ボクとしてはその方が幸せだろうとは思うけどね……ただ、車が家に突っ込んできたというのは事故かな、と」

「……えっ？」

どんだけの確率だよ、と突っ込みたい衝動をどうにか呑み込み、継那は話の続きを待つ。

「キミの死因は事故死。家に車が突っ込んできて、運悪く直撃してしまったんだよ。すぐさま病院に運ばれるも、結局……っていうオチなわけ」

「なんとまぁ……」

呆れるにもほどがある、と継那は自分の不運を嘆《なげ》いてしまう。そんな冗談みたいな原因と奇跡的な確率によって自分に死が訪れようとは。

「そうそう。このタイミングでキミが死ぬなんて、ボクたちにも予想ができなかったことなんだ」

「ボクたち？　それじゃあ……お前は――」

目を見開いた継那が推測を述べる前に――

「あぁ、言ってなかったっけ？　ボクは神様だよ。キミたち人間が言うところの、ね」

驚いた？　とニコニコと微笑む少年にさらりと言われてしまう。

「あぁ～、うん。驚いた――」

棒読みですげなく答える継那。

「ちょっと！　酷《ひど》くない？　わざわざボクがここまで出張ってくるなんて、フツーないんだよ？」

膨れた頬と顰《しか》め面を継那に向けたあと、神様はころころと表情を変えた。


「でもさぁ、神様って唐突に言われてもな……」

継那からすれば、ハッキリ言って「何本頭のネジが飛んでんだ？」と鼻で笑いたくなるお話だ。

白く広い空間、よくよく見ればうっすらと透けている自分の身体……挙げればキリがないが、ここが「通常とは異なる場所」なのは明白。しかしそれと目の前の人物を信じられるかという話はまた別の問題である。

「ふむ。まぁ仕方ないよね。でも、どうしたら信じてくれる？」

「そりゃあ……神様なんだろ？　神様だったら知ってるようなこと……例えば俺の秘密でも話してくれればいいんじゃないのか？」

どうすれば信じられるか、と問われても継那にも明確な基準はない。だが「自分だけしか知らない」ことを話せるなら、少なくとも信じるに足る人物だと認定できる。

「自分だけしか知らない」とは言ってみれば、その人の弱味なり秘密なりになる。悪意を持っている者であれば、それを利用しない手はない。咄嗟《とっさ》に出した条件としてはまずまずのものだろう。

継那が半《なか》ば投げやりにそう返答すると、目の前の少年はこくりと軽く頷いた。

「それもそっか。それじゃあ、経緯《いきさつ》も含めて改めて話をしよっか」

ニコニコとどこか黒味を帯びた微笑みを湛《たた》えながら、自称神様はすらすらと語り出した。

「キミの名前は佐伯継那クン。性別は男。年齢は十六歳。死因はさっきも言った通り事故死。それも、テレビを見ていた時に家に車が突っ込んできたことによるのが原因……って、確率的に奇跡だよね☆　学校の成績は中の下ってトコかな？　もう少し勉強しておいた方がよかったと思うけど？」

「ほっとけ」

お前は俺の何なんだ、と言い返したい気分に駆られた継那だったが、ここで話を中断させるわけにもいかず、わずかに表情を曇らせるだけに留めた。

「趣味はゲームとラノベ。うっわ、完全にヲタク街道を走り始めてるね。まぁ十八禁には興味あるけど、まだ手を出してないところにウブさが感じられるね★」

アイアンクローを決めようかと瞬時に手を伸ばした継那だが、するりと回避されて虚空《こくう》を掴む。

「チッ」と小さく舌打ちをすると、神様は「残念でした」と言わんばかりに少しだけ目元を緩ませつらつらと話を再開する。

「んで、特技は……絵を描くこと、か。これは凄いね。何度か表彰受けてるじゃん！」

「たまたまだよ、たまたま」

気恥ずかしくなってふいっと顔をそむけるも、褒められて悪い気はしない継那だった。

「ただ、昔はよかっただろうけど……今はねぇ。描いてるのがもっぱらケモミミ美──」

「だあああぁぁ！　ちょっと待ったあぁぁ！」

「──なんてさ。親御さんが発見したらどーするの？」

「うっ……！」

しまった、と後悔するももう遅い。こんな状態では今さら自分の秘蔵品をどうにかするなんて無理な話だ。完璧なる黒歴史である。封印しようにもできないのが痛い。そしてそれを身内に発見される可能性が大なところがさらに痛い。

「もういいだろ……それ以上俺の傷を抉《えぐ》るな」

思わず土下座したくなる気持ちもそのままに、継那は小さな声でそう呟くしかなかった。心のライフポイントは既に危険域《レッドゾーン》である。

「それじゃあ、ボクが神様って信じてくれた？」

「……」

顔を覆《おお》ってコクコクと頷く継那。

「そうそう、最近までノートに『我が前に来《きた》れ！　顕現《けんげん》せよ！　汝《なんじ》と我《われ》の冥王の契約を～』とか何とか色々書いてる厨二病患者だったって付け加えた方がよかったかな★」

「ぐはっ！」

さらにそんなことを言って笑みを浮かべる男の子によって、継那のライフは完全に削られたのだった。


「……それで？　一体俺に何の用なんだよ？」

悪夢の尋問からしばらく経ち、なんとか精神的に回復を果たした継那は、神様である目の前の男の子に本題を切り出した。

「うん、あのね――」

どこか困ったような表情を浮かべた男の子は、次の瞬間――

「ごめんなさい！」

バッといきなり頭を下げた。

「へっ？」

急転した態度に、思わずそんな高い声しか出ない継那だったが、神様は話を続ける。

「実は、キミは本当ならあの時死ぬことはなかったんだ」

「うん？　でも『車が家に突っ込んできた』っつう事故で死んだんだろ？　そんなこと、予想なんてできないだろうし、事実そうだったじゃないか」

なんとなくフォローするように、継那は優しく声をかける。

「まぁ、ね……でも、ボクのような神様というのは、大きく分けて二つの役割があるんだ。一つは、一人一人に決められた寿命と運命に合わせて死を与え、来世へと導くこと。冥界が死者の魂で溢れないように、管理しなくちゃいけないからね」

「つまり、人間の死はスケジュール化されてる、とでも言うのか？」

「う〜ん、まぁ厳密には違うんだけど、大雑把に言えばそうだね。だから、そのスケジュールが崩れないよう、予期せぬ事象には神様が介入して軌道修正を図るんだ。元のレールにその人が乗っかれるように。それが神様のもう一つの役割でもある」

「でも、俺は実際に死んだんだろ？　それはつまり――」

「ボクの手違い、ですっ！　あはっ☆」

苦し紛《まぎ》れのその微笑に、思わず拳を叩き込みたくなった継那だった。


佐伯継那、十六歳。

奇跡的な確率と冗談みたいな原因で彼に訪れた死は、神様の手違いによるものだった。

第1話　手違いのお詫び

「それで、結局俺はどうなるんだ？」

神様からの謝罪を受けた継那は、今後自分がどうなるかについて訊くことにした。

理由はどうであれ、自分は死んでしまった。未だに実感が湧かない、というのが正直な感想だし、十六歳という年齢を考えても、まだまだ遊びたい思いはある。けれども、過去を振り返っても仕方がないのは明らかである。であるならばどうするか。

現在と未来を見据えるほかない。

佐伯継那は、こうした局面においても達観し、ポジティブに考えられる人間だった。何事も割り切り過ぎて周囲からは「ノーテンキ」という烙印《らくいん》を押されていたのだが。

「そう言ってくれて助かるよ……それで、キミのことなんだけどね」

ほっと胸を撫で下ろした神様は、そう前置きした上で――

「――なんと！　佐伯継那クン！　キミは見事、転生する権利を得ましたぁ～！」

バンザーイと両手を上げて嬉しそうな顔をする。

「……転生、ねぇ……」

一方の継那はなんとも微妙な表情だった。

「えぇっ？　嬉しくないの？　だって、転生できるんだよ？　知識とか意識とかはそのままに生まれ変わって、新たな人生を送れるんだよ？　はっきり言ってチートじゃね？」

「いや、そりゃ分かってるよ。そういう小説を何度も読んでるから」

「それじゃ、どーしてさ？」

訝《いぶか》しむ神様に、グサリとひと言。

「——お前の手違いで死んだのなら、当然じゃね？」

「はうっ！」

このひと言が効いたのか、ヨヨヨ……と崩れ落ちながら泣く（真似をする）神様。しかし、見た目と言動に反して存外肝が据わっていた。

「そりゃあコッチの手違いではあるけど、あんまりな物言いじゃない？」

一瞬で復活を果たす。なかなかしぶとい神様である。

「そうか、悪かった……」

すぐさま謝罪の言葉を述べる継那。だが彼もこの神様と同程度に強《したた》かな存在なのである。

「——でも、責任問われるのはお前じゃないのか？」

「ぐばっ！」

「さっき、『ボクたちには予想できなかった』って言ってただろ？　ってことはだ、この世界は、お前のような神様が複数で管理していることになる」

「あっははは……ソンナコトイッタカナァ……？」

相手の様子を窺いながらも、継那はすらすらと言葉を紡《つむ》ぐ。一方、神様の方は分かりやすいほどに目が泳ぎ、乾いた笑いを漏らしている。

気まずい空気が二人の間に流れる中、継那はさらに言葉を続けた。

「いいのか？　ここで時間を食ってたら、他の神様にも感づかれるぞ？　そうでなくても、人の生き死にがスケジューリングされているんだろ？　些細な狂いであっても見落とさない神経質な神様がいたら？　お前の行動が逐一調べ上げられた挙句、手違いで俺が死んだことがもしバレたら？」

推測を重ね、想像を巡らせ、継那は少しずつ神様を追い込んでいく。最初は目が泳いでいただけであったのが、次第に身体が震え出し、冷や汗がドバドバと流れていく様子が見受けられるようになった。

「――……最悪、今の地位は剥奪《はくだつ》だな」

「げばぁ！」

よほどその一撃が効いたのか、雷に打たれたかのように一瞬ビクリと身体を震わせて、神様は倒れてしまった。

「そ、それ……で。キミは……何を？」

「特典《ボーナス》でもよこせ」

震える声で訊ねる神様に対し、継那はニヤニヤと強かな笑顔と共に、簡潔明瞭な要求を差し出した。

◆　◇　◆　◇　◆

神様いわく、転生の条件として「同じ世界への転生は不可」とのことだった。加えて、「転生先は別に人という種族に限らなくてもいい」との言葉もあったが、別の種族として生きるというビジョンは継那には描けなかった。「転生後も人でいいよ」と告げ、代わりに「魔法が存在する世界」を望んだ。

継那も男の子である。ご多分に漏れず、そういったファンタジーな世界に魅了されて育ったので、「魔法」という未知の概念や技術が存在する世界には、少なからず憧れを持っていた。

「オッケー、他に要望はある？」

「う～ん、特にはないかな」

「りょーかいっと……それじゃあ、ここなんかいいんじゃないかな？」

神様が杖（どこから出したんだという継那の突っ込みはスルーされた）を一度振《ふ》るい、継那の目の前に映し出したのは、ある世界の光景だった。

「……ここは？」

「イグリア大陸っていうところ。ここには『ユスティリア王国』『メフィストバル帝国』『レバンティリア神聖国』っていう三つの国が存在してる」

映し出されたスクリーンのようなものには、大きな楕円形の大陸が広がり、北はレバンティリア神聖国、南東にはユスティリア王国、西南にはメフィストバル帝国と記されている。

「魔法が存在していて、地球のような科学技術は発達していない……当然と言えば当然だけど。種族は人族・獣人族・魔族が主だね。獣人は細かく分かれてるみたいだけど、そこは割愛《かつあい》で！」

「へいへい……それにしても、国が少しばかり小さくないか？」

地図を眺めながら、継那はふとそう漏らした。

「それは森林や山間部、海に魔物や魔獣と呼ばれるものがいて、領土を広げられていないからみたいだね。大陸中央に大きな森が広がっていて、そこは特に強力な魔獣が棲み着いている、と。ここを自国の領土とできれば、大陸の中央を押さえられるメリットはありそうだけど、そのためには多大な労力を払わなければならない。外敵から身を守りつつ、自国の領土を拡大させることは困難だろうしね。そんな犠牲を払うなら、いっそしない方がいい……そんな思惑から、どこも版図《はんと》を広げられていないようだよ」

表示された世界地図を眺めつつ、神様は世界構成の解説をつらつら加えていく。話を聞きながらも「なるほど」と頷いた継那は「それじゃあこの世界で」と転生先の世界を決めた。

「それで……」

「うん？　何だよ」

もごもごとどこか言いにくそうに俯《うつむ》いた神様の様子を見て、継那はすぐに察しがついた。

「あぁ、特典《ボーナス》のことか？」

そう指摘すると、「はうっ！」と奇声を上げて、神様はこくりと頷く。

「どうする？　特典、といっても形式は色々あるんだけど……」

「ってことは、過去に何度か特典付きで転生した奴がいるのか？」

神様の言葉から気付くところのあった継那がそう訊き返すと「まぁ、無きにしも非《あら》ず、かな～」と乾いた笑い声を上げ、神様は言葉を濁す。

「ちなみに聞くけどさ」

「うん？　何かな？」

「俺は転生するんだろ？　なら、その転生した先の世界で俺の起こした行為によって死んだ人間とかにも謝罪なり、何らかの便宜を図ったりするのか？　悪影響とか問題とか起きないのか？」

継那はふと疑問に感じたことを訊ねてみた。

これはタイムトラベルものの話によく出てくる問題と似ている。

例えば過去に遡《さかのぼ》って問題を解決するような場合、遡った人間はその場にいる人間との接触を極力避けなければならない。なぜなら、接触をしたことで未来にどのような影響が及ぶのかが分からないからだ。

現在の継那は、運命というレールから外れた存在である。その自分が転生を果たすことで、何か異常が起きないかと、この冥界――ひいては目の前の神様に対する危惧が生じたのだった。

「心配してくれてるの？」

気にかけてくれるのが嬉しいからか、頬を緩ませて訊き返す神様。一方の継那はさらに言葉を続ける。

「いや、別に。もとはと言えばお前の責任だけど、影響が出ないかと単に気になっただけだからな」

「そんなことが理由なの？」

「寝覚めが悪いのが嫌いなんだよ」

不機嫌そうにそう告げる継那とは対照的に、神様はただ肩をすくめるだけであった。

「もっと気楽に考えればいいのに……」

「初めてのことだから慎重になって当然だろ？」

こんなことを気楽に、なんて考えられる人間なんていないだろうと思いつつ、継那はそれ以上何も言わなかった。

「そーゆーものなのかな？　ボクとしては別にどうでもいいけどね。……んで、話を戻すけど、転生した先でキミによって殺された人がいたとしても、ボクは今回のように謝罪するとか便宜を図ることはないよ」

「なんでだ？」

「だって、キミは死んだからね。『死』という事象によって、運命というレールは終着点に至る。キミが転生を果たした先で殺された人は、別の何かの原因で死亡する。誰がいつ死ぬのかは決まっているんだ。その原因が様々なだけでしかない。ただ、キミの場合は例外だ。転生した先でまた新しいレールが敷かれるわけさ。中身は同じでも、入れる容器や貼られるラベルが違う……みたいなものだね」

「なんだかな……中身は今の俺でも、外見は違うって聞くと自分が自分じゃないみたいな感覚に陥りそうだ」

「う～ん。まぁ気にするだけ無駄だと思うよ？」

「――にしても、お前の説明、どこか上手過ぎやしないか？」

「あっははは……ソウカナァ？」

（あぁ……コイツ絶対、過去にも同じようなことをやらかしやがったな……）

呆れるような視線を感じたのか、神様は乾いた笑みを貼りつけたままだった。

◆◇◆◇◆

「……こほん。さっきも言ったけど、特典には幾つかの形式があるんだよ」

咳払いを一つ置いて気持ちを切り替えた神様が説明を始める。

「形式って？」

「例えばポイント方式。これは『ステータス』がある世界の場合だけど、いくらかの持ち点を与え、その範囲内で自身のステータスやスキル構成に割り振ってもらう形式だよ。ゲームをやっていたのならある程度想像できるでしょ？」

「まぁ、本当に何となく……でしかないけどな。一応説明頼むよ」

継那はゲームの画面を通してキャラメイクをする様子を頭に思い浮かべつつ、説明を求めた。その言葉に頷いた神様は再び口を開いた。

「ステータス、とはその人物の『筋力《STR》・耐久《VIT》・敏捷《AGI》・精神《MID》・器用《DEX》』で、スキルは武技や特技を示している。ポイント形式はステータスに関しては一ポイント当たりいくら、という割合で数値が伸びるし、スキルの取得時にはまとまったポイントが必要、という具合だね」

「なるほど。他にもあるか？」

そんな継那の言葉に、神様は「あることはあるよ」と前置きした上で言葉を重ねた。

「他には、ギフト方式っていうのもあるね。これはその転生者個人に何らかの能力を『ギフト』という形で与える方式。パラメーターに細かく割り振れない分、その人唯一の能力になるってのが典型だね」

「確かに、よくあるパターンだな」

神様の説明に、納得と言わんばかりに継那は頷いた。ライトノベルやアニメで似たような場面を見たことがあったため、名前だけで大体の特徴をつかめる。

「前者は自由度が高いけど、その分チートになり過ぎるんだよなぁ……かといって、後者は受動的に能力が決まりそうだから、自由度高くないし」

「よく分かるね。さっすが伊達《だて》にヲタクと厨二街道まっしぐらに生きてない！」

「言わんでよろし！」

はしゃぐ神様に佐伯家の伝家の宝刀――ハリセンチョップをかます継那。ちなみに直角ではなく斜め四十五度に叩き込むのがコツだ。「ぐおおぉぉぉ……」と頭を抱えてごろごろ転がる神様を放置し、考えを巡らせる。

「チート能力でウッハウハ～ってのも悪くはないけど、それだと世界を楽しめない可能性も無きにしも非《あら》ずなわけで……かといって、ギフト一つに頼るのもなぁ……自分の力で駆け上がりたいしなぁ……」

悩んでいた継那は、「参考までに、転生先の世界って、能力値を表すステータスとか、技能を表すスキルって概念はあるのか？」と問いかけた。

「うん？　ちょっと待ってね……えぇ～っと、あるみたいだよ？」

「ちなみに、項目は？」

「ほいほい。ちょっとお待ちを」

分かりやすく、という配慮なのか、神様は杖を再度振るい、スクリーン上にステータスの項目を表示させる。

The Black Create Summoner

属性

名前　：—
種族　：—
性別　：—
職種　：—
レベル：—
年齢　：—

ステータス

体力……………………0000/0000
魔力……………………0000/0000
筋力……………………000
耐久……………………000
敏捷……………………000
精神……………………000
器用……………………000

スキル

固有スキル

称号

「思ったより細かくないな」

「実用性を考えれば、これぐらいでいいんじゃないの？　細分化し過ぎると逆に把握《はあく》し辛《づら》くなるじゃない？　あと、転生すると今のキミのステータスにマイナス補整がかかるからね」

「それもそうか。赤ん坊からのスタートだし、補整も仕方ないな」

神様の言う通り、能力の分類はこれぐらいで丁度いいのだろう。筋力・耐久・敏捷の値《あたい》でその人の戦力が分かるのだろうし、精神の値が高ければ魔法の威力も大まかに予想がつく。また器用の値が高ければ、生産系の職種に対する一つの判断基準になる。

「ちなみに、ゲーマーでヲタクのキミなら想像はつくかもしれないけど、『職種《ジョブ》』や『称号』は筋力や敏捷、体力《HP》や魔力《MP》に若干の補整をかけることができるものだね。職種については転生先の世界で詳しく聞けばいいと思うよ」

「まぁそうなるだろうな。なんとなく予想はつくが、実際どうなのかは分からないし……ちなみに、職種の種類ってどんなものがあるんだ？」

「職種は『戦士』『剣士』『魔術師』といったオーソドックスなもののようだね」

「なるほど、頭に入れておくよ。称号を得られるタイミングや種類はランダムなのか？」

継那は過去にプレイしたゲームの仕様を思い起こしながら訊ねる。

「正解。ただし、効果としては本当に若干の補整がかかるくらいだね。下手に職種や称号に頼るより、素直にレベルを上げるのが定石《じょうせき》だろうね」

「まっ、それはゲームでも同じだな」

「これは現実なんだけどね」

ニヤッと笑う男の子に、継那は「お前のせいでこうなったんだろうに」と半ば呆れた視線を向けた。


「それで、特典は決めたの？」

「あぁ」

ぼんやりとスクリーンを見つめていた継那に、いい加減飽きてきたのか神様が問いかける。

継那はニヤリと笑って、横にいる神様に告げた。

「特典は——ポイントを少しと、固有スキルだな」

「……えぇー」

そんな神様の不平はさらさらと聞き流す継那だった。謝罪した手前、これ以上何も言い返せないと悟った神様は「仕方ないな」と軽くため息をついた。

「でも、ポイントと固有スキルを両方くれって……何気に、キミってがめついよね」

「そうか？　別に一〇〇万ポイント寄こせって言ってるわけじゃないぞ。固有スキル以外のスキルに関しては選ばせてくれればいい。もらったポイントを使って収得するよ」

「ポイントはいいけど、スキルの選択には制限がかかるよ？」

「ちなみに、どれほどだ？」

「汎用《はんよう》のスキルについては総数十五個以内かな。固有スキルは要望もあるだろうから、それについては後回しでいい？」

「了解。十分だな。つか、そんなにいらんし」

むぅ、とどこか納得のいかない顔をする神様に、継那は苦笑いを浮かべながらも諭《さと》すように言葉を継いだ。

「そんなに贅沢言ってるわけじゃない。最低限のポイントを使って、必要最小限のステータスとスキルを得るだけだ。せっかく二度目の人生を歩めるんだ。成長できる余地を残したいんだよ。固有スキルの方は、そっちからのお詫びの意味がデカイと思うけどな」

「分かったよ。そこまで言われたら何も言えないよぉ～」

少しばかり肩を落としながら、神様は杖を振った。すると、継那の前に操作画面のようなものが現れる。

「それじゃあ、ちゃっちゃと決めてね。ボクも忙しいんだからさ。制限時間は三十分ね！」

「今まで長話に付き合わせてたヤツが何を言ってるんだか」

「うぅ～！　ごちゃごちゃ言わない、の！」

「へいへい」

今にも暴れ出しそうな神様を宥《なだ》めつつ、継那は自身のステータスをサクサク決めていった。

試しに筋力に一ポイントを振ると、初期値の五〇から五五へと変化する。ＨＰとＭＰは共に一〇〇が初期値らしく、そこからポイントを割り振って決めた。こちらは一ポイントにつき一〇の変化量である。

ステータスの能力値やスキルの構成を決める際、継那は傍にいた神様に頼んでいくつかのサンプルを提示してもらった。能力値については赤子で一桁台、子どもで十数台という値が多い。一般成人男性では四〇前後といったところで、もちろん職種や素質等で若干の誤差はある。

スキルについても、「珍しいな」と目に留まるものがある。回復速度や量がアップする便利なスキルも汎用スキルとなっていた。

また、魔法を使う際に関係する魔力消費量削減のスキルも普通の魔術師でも持つことができるようだ。ただし「何年もの修業の成果として」という前置きが付くが。


「まっ、こんなもんだろ」

「どれどれ……って、うぇっ？　ほんとにこれでいいの？」

横からちらりと覗き込んだ神様は、変化したステータス画面を見て絶句した。なぜなら……

属性

名前　：―
性別　：男
レベル：1
年齢　：―
種族　：人族
職種　：なし

ステータス

体力……150/150
魔力……250/250
筋力……50
耐久……45
敏捷……55
精神……70
器用……45

スキル

異世界理解（言語・文字）
回復速度アップ（HP・MP）
回復量アップ（HP・MP）
マップ（広域・詳細）
アイテムボックス（∞）
魔力消費削減
スキル習得速度アップ
刀術

固有スキル

称号

「なんか中途半端じゃない？」

一般論で言えば、まさに神様の指摘した通りだった。

継那の決定したステータスとスキル構成は、ほとんど一般人に毛の生えた程度のレベルでしかない。

「いいんだよ、これで。それで、固有スキルなんだが……」

「はいはい、固有スキルね。どんなのが欲しいの？」

「あぁ、もらう前に訊いておくが、制限はどんなだ？」

「えーと、多くて三つが限度かな。さすがにそれ以上認めるのはちょっと……」

「安心しろって。三つも望まないから」

「ホント？」

「ホントホント」

「それじゃあ訊くけど……何が望み？」

神様は少しばかり怯えるような目で継那を見つめる。どうしてそんなに恐れる必要があるんだよ、と突っ込みたかった継那だったが、それを呑み込み――

「そうだなぁ……あえて言うとすれば――創造召喚、だな。それ以外はイラネ」

シニカルに笑いながらこう答えた。

◆◇◆◇◆

「創造召喚って？」

聞いたことがない言葉に、神様は驚きの表情を継那に向けた。

「まぁ、今造ったモンだからな。知らないのは無理もない」

そう言いつつも、継那は解説し始める。

「カテゴリー的には『召喚魔法』の一種かな。召喚魔法は『現存する魔物』を任意で呼び出して使《し》役《えき》するものだろ？」

「そうだね」

「けど《創造召喚魔法》は、『俺が造り出した魔物』を呼び出す魔法だ」

「つまり、現存か空想かという点が違うってこと？」

「まぁな」

さすがに神様は理解が早く、たったこれだけの説明でどんなものかが伝わったようだ。けれども、その表情は晴れなかった。

「まぁキミが望むならいいけどさ……その魔法はかなり魔力を食うだろうし、能力自体に制限がかかるかもよ？　何せ、今まで存在しなかった魔法なのだからね。それに、他にオーソドックスな火魔法とか風魔法とかのスキルがあるけど、本当にそっちはとらなくていいの？」

「あぁ。いらない。使う魔法はソレ一択でいいさ。それに多少制限がかかるのは想定の範囲内だ」

継那は笑みを絶やすことなく、神様の方へ視線を向けたままでいる。

「了解。そこまで言うのなら、もう何も言わないよ……ほいっと」

杖を振るい、神様は継那のステータスを更新した。

属性

名前　：　—　　　　種族　：　人族
性別　：　男　　　　職種　：　なし
レベル　：　1
年齢　：　—

ステータス

体力……………… 200/200　Update!
魔力……………… 300/300　Update!
筋力……………………………… 50
耐久……………………………… 45
敏捷……………………………… 55
精神……………………………… 70
器用……………………………… 45

スキル

異世界理解（言語・文字）
回復速度アップ（HP・MP）
回復量アップ（HP・MP）
マップ（広域・詳細）
アイテムボックス（∞）
魔力消費削減
スキル習得速度アップ
刀術
必要経験値 1/20　…………　New!

固有スキル

異界の鑑定眼　………………　New!
創造召喚魔法………………　New!

称号

「おい、俺が望んだのは一つだけだぞ？」

「サービスだよ。転生した先で色々分からないと不便でしょ？　あの世界がどんな環境か僕には分からないけど、早く強くなれるようにしないと、またすぐ再会することになるかもしれないじゃないか」

「確かにそれは勘弁願いたいね」

両者とも笑いながら、握手を交わす。

手を放すと、小さな神様は持っていた杖を軽く振った。すると、二人から少し離れた場所に一つの大きな扉が出現した。

「あの扉をくぐれば、転生できるよ……ここまで色々話をしてきたけれど、キミは面白いね。神様であるボクに物怖《ものお》じせずにズバズバと主張するなんてさ」

「損をしたくないだけだって」

「そう言うと思ったよ」

継那は扉の前に立った。後ろでは神様が少しさびしげに、彼の行く先を見つめている。

ドアノブに手を伸ばした継那は、一瞬だけその手を止め、神様の方に顔を向けた。

「そういえば、訊き忘れてたんだけどさ……名前を訊いてもいいか？　神話とか伝承にもあるように、当然名前もあるんだろ？　俺だけ名乗らせるのって失礼じゃないか？」

そんな継那の言葉に、ポカンと口を開いた神様だったが、やがて微笑を浮かべる。

「まったく。普通は『神様』ってだけですんなり終わるはずなんだけど？」

「いいだろ別に。減るもんじゃなし」

「確かにね。ただ、実はボクには名前がないんだ」

「名前がない？　どうして？」

「だって、大概『神様』って名乗るだけで終わるもの。それに、神話とか伝承って所詮は人の創作だよ」

「そういうもんか？　てっきり有名どころの名前は神話とかに出てくるものと同じかと思ってたな。もし知っているような名前だったら、『人間の想像力はすごい』ってどこぞのネット小説にありがちな言葉を言ってみたかったんだが」

「普通はそうなんだって。キミがイジワルなだけだよ」

神様はクスクスと愉快そうに笑う。

「——……だ」

「えっ？」

「ディエヴス。それがお前の名前だ。この『ディエヴス』っていうのは天空神って意味がある。日によって天候が変わるように、コロコロと表情が変わるお前にはピッタリな名前だと思うぞ」

「もしかして、今付けてくれたの？」

ぶるりと身を震わせ、そう訊ねる男の子。

神様には名前が無い者が多い。そんな現状に「意思疎通を図るのに問題ではないのか？」という疑問を呈する意見もあるだろう。だが、基本的に神様と呼ばれる者たちはそれぞれが集まることがない。自分に与えられた役割をこなし、対象の「世界」の管理さえできていればいいのだ。世界は一つのシステム。それを管理する自分たちもまたシステムの一部である、といった認識が神様の間では通例となっている。

そんなシステムの一部たる神様に名前を与えられるということは、それはつまり「かけがえのない特別」な存在になることと同じだ。

与えられた役割を淡々とこなすことに一種の空虚さを覚えていた小さな男の子にとって、継那が何気なく告げた一言はことさら嬉しかった。

「まぁな。というより、名前がなきゃこっちが不便なんだよ。気軽に呼べないし」

ぶっきらぼうにそう言った継那は、気恥ずかしそうに顔を背《そむ》け頬を掻《か》く。

「キミがまたこの場所に呼ばれるような事態にはならないで欲しいけどね。でも、ありがとう！行ってらっしゃい！」

目に一杯の涙を溜め、ディエヴスは手を大きく振って見送る。

「おぅ！　またな！」

継那はディエヴスを振り返ることなく、異世界へと続く扉を開けた。

白く輝く光が彼の全身を包み込み——魂と化していた佐伯継那という存在は、この瞬間をもって消えたのだった。

第2話　異世界でも現実は厳しい

イグリア大陸の中央に広がる大森林。木々が生い茂り、多くの生き物が生息するその森林の北側に一つの国が栄えている。

——レバンティリア神聖国。

その国の特徴は、国の外縁部を厚く高い城壁で囲っていることだろう。これは森林からやってくる魔獣などに対処するためのものである。

そんなレバンティリア神聖国にある、とある屋敷の一室。そこでは若い男が一人と白衣姿の男が一人、頭を抱えるようにして呻《うめ》いていた。

「どうして我が家から……」

その言葉は、絶望にも似た響きを伴って流れていく。

「御舘様《おやかた》……厳しいようではありますが、これは現実です……」

若い男の真向かいに座る白衣姿の男は、どうにもならないといった面持《おもも》ちで淡々と事実を述べていく。

「先ほどお生まれになられた御子息の特徴は――」

もう一度、現実を見せるため。

医師である白衣姿の男は、カルテを持ちながら話を始める。それを聞いている若い男――この辺りの領主であるイリーアス＝ハイエルは手で顔を覆ったままピクリとも動かない。

ついさっき生まれたイリーアスの息子。最愛の妻から生まれた、愛すべき自分の子供。その子供の容姿には、大きな問題があった。

黒髪黒眼。

この国にとって、「黒」とは災いを呼ぶ色を指している。全てを呑み込み、喰らい尽くす禍々《まがまが》しき色、災厄の色……人によって受け取り方に差はあるものの、皆そうした「呪われた色」という認識を持っている。

事実、黒をその身に宿す者は、ここレバンティリア神聖国には一人としていない。

いや、「いなかった」と表現するのが妥当だろう。

レバンティリア神聖国の住人は「金髪碧眼《きんぱつへきがん》」が標準的な外見的特徴となっている。イリーアスの下には、先ほど生まれた子を含めて四人の子供がいるが、うち一人は金髪碧眼の男の子、残る二人は母親譲りの赤髪碧眼の女の子である。ただの一人として黒髪黒眼はいない。

そもそも常識的に考えれば、そうした特徴が現れるはずはないのだ。

「私は……私はアイシャに何て言えばいいんだ……」

そんな領主の言葉が、宙に溶けて消えていった。

◆　◇　◆　◇　◆

(ここは……あぁ、無事に転生できたということか)

神と名乗る幼い男の子と別れ、扉を開けた継那は、ぼんやりとしていた視界が徐々に晴れていくにつれて現状が把握できてきた。

(天井が高いな。身体が思うように動かないし……)

「うぁあ～」

(やっぱり上手く喋れない。まぁ当たり前っちゃ当たり前か)

現状分析を進めていた継那の耳に、ふと目についた扉の先から人の声が届いた。聞こえてくる声は二種類。どちらも男の声だったが、一人はやけに興奮していて語気が荒い。対するもう一方の声は冷静なものだった。

(自分の子供が生まれるってのは、こんなにはしゃぎたくなるもんなのかね?)

あれは父親の声か……親になったことのない継那には分からない感覚だが、自分のことについて話しているのだろうとは何となく予想がつく。

「どうして我が家に『あんな呪われた子』が生まれるんだ！」

だが、先ほどから興奮している男がそんな言葉を発したのを、継那は聞き逃さなかった。

（うん？　呪われた子……？　生まれたってのは俺のことだよな……）

なんとなく雲行きが怪しい、と思いながらも継那は何も言わず（というより話せないのだが）、耳を傾け続ける。

「黒髪黒眼は呪いの象徴だぞ！　我が家系をいくら辿《たど》ってもそうした人間はいなかったはずだ！　なぜ、なぜ今になって――」

（どうやら俺の容姿に問題があるようだな……こりゃあ失敗したか？）

継那は「マズったなぁ」とディエヴスとのある会話を思い返した。


「ねぇ、キミは外見について何か要望はある？」

「特にないな」

あの白く広い空間で何気なくディエヴスが放った言葉に、継那は即断即決でこう答えていた。

「まぁ、ブサイクよりはフツウに。フツウよりもイケメンにってトコだな」と割と無難な補足を付け加えて。

（しっかしまぁ……まさか、外見で弾かれるとは想定外だ）

別に容姿は細かく指定しなくてもいいだろうと思い（というより、面倒だったのが主な原因だが）、転生前の自分と同じようにするよう決めたのだが、それが自分の行く末に関わってくるとは完全に予想外であった。

「どうする、このままではハイエル家が取り潰されることに……」

（オイオイ、本当かよ？　生まれた子供の容姿でそこまで行くかフツー）

どこか呑気《のんき》に考えている継那であるが、他人が見れば「もっと危機感を持った方がいい」と指摘するだろう。もっとも、現状として継那に何かできるかといって、何もできないのだが。

土地が異なれば風習や文化、伝統は当然違ってくる。地球の中でもそうした状況はままあり得るが、ましてやここは異世界である。

日本で培《つちか》った常識など、当て嵌《は》まる方が珍しいと言えるだろう。

「どうすればいいんだ……」

そうしている間にも話は続いている。聞こえてくる声が悲壮なものなのは変わらない。

（どうしたもんかね……つっても、俺にはどうしようもないけど）

ちらりと視線を移し、継那はまだ満足に握ることもできないほど小さな手のひらを見つめた。そのか弱さに、見れば見るほど「自分は生まれ変わったのだ」と気付かされる。

（まぁ、もう少し大きくなったら、自分から出ていくっていう選択肢もあるだろうけど……）

継那は「またあの神様と会うのも面倒だ」と言わんばかりに――

「あう……」

そんなため息をついて、目を閉じた。

◆ ◇ ◆ ◇ ◆

それから幾許《いくばく》かの月日が流れた――

屋敷の大広間では、見るからに貴族らしき五人がテーブルを囲い、夕食を楽しんでいた。

「御父様、よろしいでしょうか」

「何だ」

不意に食事の手を止め、上座の男性に声をかけたのは、まだ年端《としは》もいかぬ少年だった。

「先日、先生から『そろそろ実戦を学ぶ頃合いでしょう』とのお言葉を頂きました」

「あら、それは凄いわね。貴方の年頃はまだまだ実戦を経験するには早いでしょうに」

少年の母親である妙齢の女性――アイシャ＝ハイエルが、口に手を当てて上品に笑う。それを視界の隅《すみ》に捉えた少年は、わずかばかり目を細めて微笑んだ。

「ええ、私の魔法が基礎を終えたということです」

この世界に流れる法則――魔法。そこにはいくつかの系統が存在する。

魔法を使用するには、身体の内に眠る「魔力《まりょく》」を循環させて増幅・強化し、「詠唱《えいしょう》」をトリガーとして効果を外界へと顕現させる。

体内を巡る魔力の色によって系統が決定し、詠唱によって顕現させる魔法が決まる。その際、求める魔法の威力に適《かな》った魔力量が必要であり、また魔法の系統は個々人の資質に左右される。

一系統を「シングル」。二系統を「ダブル」。三系統を「トリプル」。

レバンティリア神聖国に住む人たちの多くが「シングル」だ。トリプルともなれば、その存在が国中にすぐさま知らされるほどに稀少である。

「それはお前の『四系統』すべてについて、『実戦を交えながら磨いていくべきだ』……と？」

上座の男性――イリーアス＝ハイエルはちらりと少年を見て呟いた。

「はい」

父親の疑問に、少年――イリーアスの長子、レイン＝ハイエルは短く答えた。

「なるほど。分かった」

「ですが、やはり不安もあります」

前言撤回とも取れるレインの言葉に、イリーアスの手が止まる。

「確かに実戦を交えて自分の魔法技術を磨くことには賛成です。しかし、その前に『練習』しておきたいと思いまして」

「つまり？」

「『アレ』を使って魔法の練習をさせては頂けないでしょうか？」

言外に侮蔑《ぶべつ》を混ぜたレインの言葉に、イリーアスの手がわずかに震えた。

「『アレ』って〜?」

レインの右隣に座る女の子――アリア＝ハイエルが、真向かいの席にいる双子の姉――リーナ＝ハイエルに疑問をぶつける。返ってきた言葉は「分かんない」のひと言だけだった。

「どうせ『アレ』はハイエル家にとって異物に過ぎません」

「ふむ……」

イリーアスは顎鬚《あごひげ》を撫でながら思案に暮れた。

レインの言う通り、「アレ」は異物だ。この屋敷にいるだけでも迷惑な存在。今は巧妙に隠してはいるものの、近い将来には存在を「抹消」する予定である。

ならば――

「有効活用しないとな」

「えぇ。そうですとも」

「それがいいかもしれないわね」

涼しい顔で会話を重ねる親子三人に、ただただ首を傾げる双子の娘たちだった。

第3話　地下室と練習台

いくつもの蝋燭《ろうそく》が煌々《こうこう》と輝く部屋。壁際には申し訳程度に小さな机が設置され、書籍が広げられている。その前に置かれた、ギシギシと悲鳴を上げる粗末な木製椅子に、幼い男の子が腰掛けていた。

「なるほど……魔力回復ポーションには月光草《げっこうそう》と精霊水《せいれいすい》が必要なのか」

手に『初級錬金教本』と記された本を持ちながら、そんなことを呟く男の子。薄暗い部屋の中に溶け込んでいたその相貌《そうぼう》が、揺れる蝋燭の炎によって照らし出される。

闇夜に溶けそうなほどに黒く、艶《つや》のある髪と眼。パッと見ただけでは性別の判断が付き辛い中性的な顔立ちである。つるりと卵形の輪郭とわずかにつり上がった眼は、どこか猫を想起させる。

——この世界に転生を果たした元地球人、ツグナ。

彼が二度目の人生を歩み始めてから七年が経過していた。

この名前は転生する前のものだ。生まれてすぐ「忌み子」の烙印を押された彼に名を付ける者などいなかった。これは忌むべき黒をその身に宿す子供に、「ハイエル」の名が冠されることを嫌われた結果である。そのため、「自分の名前を自分で付ける」というなんとも奇妙な事態に陥った。

様々な名前が浮かんだが、どうにもしっくり来ず、結局は元のままの「ツグナ」で落ち着いたのだった。

「えぇ～っと、月光草は夜に仄《ほの》かに青白く光る草だったたっけ。んで、精霊水は綺麗な水を錬金の魔法で精製した水……と」

教本に書かれた説明を読みながら、ポーションの作成手順を頭に叩き込んでいくツグナ。こうして一人知識を蓄《たくわ》えていくのが彼の日課であった。

この世界に生まれたあの夜、ツグナは隣の部屋で自分の親が「呪われた子が生まれた」と話すのを聞いている。生みの親の発言から、ツグナはその後に訪れる展開も予想できていた。

そして、それはほどなく現実のものとなった。


「いいか、お前はこれからここで暮らせ」

「どうしてですか？」

三歳になり、物心が付き始めた頃。ハイエル家の主《あるじ》である父イリーアスに案内されて、ツグナは暗く薄暗い部屋へと通された。

「煩《うるさ》い。いちいち疑問を挟むな」

切って捨てるような言葉にツグナはそれ以上何も言えず、黙って首肯《しゅこう》するしかなかった。

「時折こちらから呼び出すこともあろうが、その時はおとなしく素直に言うことを聞け」

「分かりました……」

ツグナはこの牢獄でその後の一日一日を重ねていった。

地下にあるその部屋には窓がなく、滅多に人もやってこない。

もともとは書庫として使われていたため、多くの書籍が棚の中に収められていた。それらを貪《むさぼ》るように読んで知識を吸収し続け、現在に至る。この地下室に存在する書籍で未読のものは、現在手にしているものを含めてあと二冊だけとなった。

ちなみに、文字は独学で習得した。ツグナはスキルとして「異世界理解」というスキルを所持している。しかし、このスキルは主に会話や書いてある文字を「読み解く」ためのもので、「文字を書く」ことは対象外となっていた。読めさえすれば生きていけるので、書く方は誰かに代理でも頼め、ということなのかもしれない。しかし、早々に一人で生きていくことを決意したツグナにとっては「読める」だけではダメなのだ。

誰にも頼らず生きていく――そのためにはもちろんこの世界の文字や言語、文法を理解し、書けるようになる必要があった。

幸いにもこの地下室の書棚には辞書や図鑑もあった。時間はかかったものの、今ではすらすらと読み書きできるようにすらなっている。

そうして知識を得ていく過程で、ツグナはこの世界のことを少しずつ理解していった。ツグナの転生前の知識と比べると、細かな名称は異なるものの仕組みとしては大した違いがないことにも気付いた。
　まずは時間、特に一年の周期や曜日に関するものである。これはほぼ地球のものと同じだ。一年は十二か月で構成され、月名や日数が異なるものの地球のものと対応させると下記の通りとなる。

一月↓光の月　五月↓空の月　九月↓雷の月
二月↓闇の月　六月↓水の月　十月↓地の月
三月↓暁の月　七月↓時の月　十一月↓宵の月
四月↓風の月　八月↓火の月　十二月↓無の月

　ひと月が一律三十日、一年が三百六十日である。地球とは若干の誤差があるものの、すんなり理解しやすいのは嬉しい限りだった。また曜日の概念もあり、こちらはやはり魔法が存在する世界とあってか各曜日を色の名前で呼んでいる。仕組みは地球と同様に七日制である。

月曜↓赤の日
火曜↓橙《だいだい》の日
水曜↓黄の日

木曜→緑の日
金曜→青の日
土曜→藍《あい》の日
日曜→紫《むらさき》の日

次に、距離の概念である。さすがは貴族の屋敷、算術（ただしレベル的には算数のような初歩的なもの）の本も取り揃えてあり、距離に対する説明が記されていた。

こちらもほぼ地球に近く、呼び名が変わっているぐらいであった。

ミリメートル→ミメラ（一ミリメートルが一ミメラ）
センチメートル→セルメラ（一センチメートルが一セルメラ）
メートル→メラ（一メートルが一メラ）
キロメートル→キルメラ（一キロメートルが一キルメラ）

（わざわざ新しいことを頭に叩き込むよりかはまだマシだったな……）

呼び名などは未だ慣れない部分があるものの、仕組みとしては地球と同じものであったことに一応の安堵を覚えたツグナだった。

栞《しおり》を挟み、ぐっと背伸びをした時、ドアがノックされた。

「はい」

「レイン様がお呼びです」

「……分かりました」

ここで「何の用ですか？」と返しはしない。ツグナが呼ばれるのは決まってレインのための「練習台」だからだ。

（……やれやれ。そんなに弟を虐《いじ》めるのが好きなのかね？　性格最悪だな。まぁ、『あの親にしてこの子あり』ってトコだと思うけど）

コリコリと頭を掻いたツグナは、ベッドの横に立て掛けてあった相棒を掴んだ。その表情に絶望の色は見られない。

転生前から数えれば、精神年齢は既に二十歳を超えている。ツグナは理不尽な要求にいちいち声を荒らげる馬鹿ではない。やるべきことを見据え、来《きた》るべきタイミングを待っていた。

ツグナが目的を遂げるまで、あと少しなのだから。

肩に担ぐようにして掴んだ木刀。それは最初に投げ渡された木剣を加工し、元の世界――地球で慣れ親しんだ得物《えもの》――「木刀」である。

「うん、もうすぐだ……」

ちらりと机の上を見たツグナは、ため息を呑み込んで扉を開けた。

◆　◇　◆　◇　◆

ツグナはいつも通り、ギギィ……と重い木製扉を開く。これまで何度となくレインに呼びつけられたその場所は、屋敷内にある訓練場である。

ハイエル家に限らず、ここレバンティリア神聖国の諸貴族の屋敷には少なからず、こうした訓練場がある。家臣団や子息たちが剣技に魔法にと日々鍛練を行い、練度を確保しているのだ。家同士の関係によっては、時折合同訓練なども行われる。

ハイエル家の訓練場はとにかく広い。ツグナの通っていた学校の体育館よりも広いくらいだ。まだツグナ自身の身体が小さいためにそう思うだけかもしれなかったが。

「やっと来たか」

訓練場の中心ではレインが待っていた。端には数名のメイドが立ち、タオルや飲み物を持っている。

「お待たせ致しました……」

「挨拶《あいさつ》はいい。さっさと位置につけ」

ツグナは無表情のままに軽く頭を下げて開始線に立つ。両者の間は十メラほど離れている。ツグナの視線の先には、これから行う「練習」を想像したのか、わずかばかりの微笑を浮かべるレインがいる。

（まったく……こっちが魔法を使えないのをいいことに……）

そう心の内で一人ごちるツグナをよそに、レインは「あぁそうだ……」と付け加えるようにルールを宣言する。

「お前は攻撃不可、身体強化魔法の類《たぐい》も不可だ……まぁ、『魔力はあっても使えない無才』のお前にはどのみち関係ないかもしれんがな」

「……」

ここで言い返しても無意味なのは、ツグナにも分かっている。なぜなら、このやりとりは今まで何度となく行われてきた「ルーチン」だから。

「それじゃ、いくぞ……」

レインが手にした得物を構える。それは、刃引きされた鉄の剣だ。ただ、いくら刃引きされたものとはいえ、下手に受ければ骨折程度の怪我は負う。対してツグナの持つ得物は先ほどの木刀。鉄に比べ脆《もろ》く弱いそれは、明らかに不利である。

けれども、今さら文句を言ってもやはり意味はない。

「はあああぁっ！」

いつもレインの都合で、「練習」は始まってしまうのだから。

――魔法。

それはこの世界に浸透する確かな技術である。

地球での「科学」と同じように、先人たちの知恵を洗練し、体系化したものであり、この魔法もまた「科学」と同様に社会の発展のために使用されている。

魔法には大別して七つの系統がある。火・地・雷・風・水の五系統の基礎魔法に、補助・錬金の二系統の特質を加え、計七系統となる。

これは魔法を使用する際に体内に流れる魔力の色に基づいて分類されている。

「赤」は火系統
「橙」は地系統
「黄」は雷系統
「緑」は風系統
「青」は水系統

これに加え――

「藍」の補助系統

「紫」の錬金系統
である。

例外的にこの七系統以外の系統魔法（例えば光系統、闇系統、時空系統）の存在が確認されてはいるものの、それは扱える者が限定されている。光系統魔法は教会関係者に多く、闇系統魔法は魔族に扱える者が多い。時空系統魔法（転移や飛行等）はある限られた血族のみに与えられる特質的な魔法である。

これらは通常の魔法体系とは少し距離を置く「古代魔法」と呼ばれる魔法であり、広く認知されている「魔法概念」とは別種のものであると考えられている。古代魔法を使う者は、軒並み「ユニーク使い」と呼ばれる。

またツグナも使うことのできる「ステータス」は一見魔法のようだが、これは自身の魔力を使用して自分の状態を表示させるのみだ。外に何かしらの効力を発揮させるものではないため、魔法とは考えられていない。

一般的には基本の七系統魔法が用いられ、その中でも五系統基礎魔法のうちのいずれかに「適性」が認められる者が多い。

レイン＝ハイエルは「四系統《フォース》」と呼ばれる魔法使いである。魔力値が高く、扱える系統は火・雷・風・水の四つにもなる。

幼くしてこれほどの素質を備えた人物は、レバンティリア全土を見渡しても他にはいない。近頃は剣術の方もめきめきと力をつけ、将来を有望視されている人物の一人となっている。

一方、対するツグナはどうか。

……彼の適性は「無し」だった。

それは、レバンティリア神聖国の一角を成す貴族の子息として、あまりに異常なことだった。

「魔力適性が無い……だと？」

かつて、「レインのついで」にツグナの魔法適性を調べた時、その結果を知ったイリーアスの最初の言葉がこれだった。

この世界では子供が一、二歳になると魔法適性を調べる慣習がある。各所に設けられた教会や公共施設等で行われることが一般的だが、身分が高い家柄では関係者をわざわざ家に招いて測定する場合が多い。

測定の方法は簡単で、用意された水晶球に手を当てるだけだ。そうすれば水晶球にあらかじめ刻まれた魔法が対象者の魔力を読み込み、魔法適性を調べることができる。

レインの場合は赤・黄・緑・青が交じり合った四色の発光が見られた。この色がすなわち適性のある系統となる。

レインの後に、目の前に鎮座する水晶球にぺたりと手を当てたツグナであったが、水晶球は何色の発光も見せなかった。発光が無い、それはつまり魔法適性が無いということである。

このように、魔法適性は惨憺《さんたん》たる結果ではあったものの、ツグナの持つ魔力は同世代と比べて高いことは分かっていた。これは水晶とは別の測定が行われ、数値として表される。

「だが、何故……？　魔力値が高いのに適性がないというのは聞いたことがないぞ？」

イリーアスを含め、関係者全員が疑問を通り越して不気味ささえ覚えていた。魔力値が低いために適性が無いというのはまだ考えられる。その場合はいずれか一系統の弱々しい発光が認められる。一般の者であれば珍しくないケースで、約半数がこうした結果なのだ。

だがツグナの場合はこれとは異なる。

家柄も十分。環境も申し分ない。加えてツグナの兄であるレインは四系統《フォース》という素晴らしい資質を備えている。四系統とは言わずとも、せめて二系統《ダブル》ではあろう……というのがイリーアスやアイシャの推測であったのだ。

「この子は……やはり『呪われて』いるのよ！」

イリーアスの横で不意に叫び声が上がる。イリーアスがちらりとそちらを見やると、少しばかり青ざめた顔でツグナを指さすアイシャがいた。

「そうだわ。やはり……その子は呪われているのね……」

侮蔑《ぶべつ》と怯えの混じった表情で、水晶球の前で静かに佇《たたず》む我が子を見る母親。

「で、ですが……魔力値は高いものを示しています。これから発現する場合も……」

「あるわけがないでしょ！　過去にそんな例は確認されていないはずよ！」

この場で唯一の部外者である測定職員にヒステリック気味にそう叫んだアイシャは、傍に控えていた侍女に支えられるようにして部屋を出ていった。残された者たちからツグナへ恐怖と侮蔑の目が向けられる。

そうした困惑と怯え、不気味さを孕《はら》んだ部屋の中央に――

（ま、スキルとして魔法を取ってなかったから当たり前か……）

自身に突き刺さる怯えと侮蔑の目をただ無表情のままに受け止め、黙ったまま水晶球を見つめるツグナの姿があった。

◆◇◆◇◆

「ファイヤーアロー！」

おもむろにツグナと距離を取ったレインが、右手を前に突き出して魔法を放つ。現れた炎の矢は三本。真っ直ぐに放たれたそれを、ツグナは床を転がって回避した。火系統魔法「ファイヤーアロー」は、その名が示す通り、炎の矢を放つ魔法だ。威力は弱いが放つまでの動作が短い。初歩の魔法としては優秀なものである。

「ぐはぁ、はぁっ……はぁっ……」

この「練習」が始まってどれほどの時間が流れたのか。レインの剣を回避し続けるツグナの身体は既にボロボロであった。放たれる剣撃の一つ一つが鋭く、受け止めたとしても体格差や武器の差によって追い込まれていく。

状況に鑑《かんが》みれば——これはイジメ以外の何物でもない。

レインは九歳、ツグナは七歳。二歳離れているとなると、体格差はそれなりだ。加えてレインは日々剣術と魔法の訓練を行っている。教師はいずれも一流と呼ばれる人物だ。剣術は家臣団の団長から毎日マンツーマンで、魔法は宮廷魔導師を週一ペースで招いて学んでいる。レインは今のツグナと同じ七歳から訓練を行っており、二年の月日は二人の実力を隔絶させていた。

「いつもいつもチョロチョロと……」

レインは苦々しげにそう呟き、再び腕を突き出す。

ツグナはほぼ身体能力だけを頼りにこれだけの立ち回りを演じていた。手に持つ木刀は傷だらけながらも折れてはいない。

まるで風に吹かれる柳のようにしなやかな身体捌《さば》きと刀術によって、ツグナはこれまでの時間を渡り合ってきた。見る者が見ればツグナのことも有望視するだろう。

ここまで渡り合えたのにはもちろん理由がある。それはスキル「刀術」の恩恵のおかげであった。

転生する前、まだツグナが「佐伯継那」として生きていた頃。彼は父親が警察官という家庭環境から、幼い頃より剣道を習っていた。父親の指導は厳しく、何度アザだらけになったのか彼自身も数えていないほどだ。そんな父親から、「絶対に使うな」と念押しされながらも、剣術の手ほどきも受けた。剣道はルールが厳格に定められ、広く浸透しているスポーツだ。一方、剣術はただ相手を制した方が勝者となるだけである。人体の構造を学び、どうすれば相手を的確に仕留められるかを究める、徹底して「効率よく人を制す術」が剣術だ。

いつからか、ツグナにとっては剣術を学び己の技を磨くことが日常になっていた。十数年もかけて身につけ、転生前に身体の奥深くまで叩き込まれたそれが彼を救っている。

何度となく剣の道を諦めようとした自分を見守り、指導してくれた父親に、ツグナは心から感謝している。だが、この想いはもう届くことはない。ツグナとしてもそれは分かってはいるが、せめて今日も生き残れるようにと祈るが如く木刀を振るう。

だが、両者の間には決定的な違いがある。

「ウインドカッター！」

「ぐぎっ！」

迫りくる風の刃を、ツグナは木刀で受ける。だが、これまでの戦闘で傷つき、摩耗《まもう》した相棒は既に限界だった。刃の中央部からボキリと嫌な音を立て、木刀は二つに折れた。

近距離では剣術を、遠距離では魔法を。攻防に優れるこの組み合わせは、「魔法適性無し」のツグナには選択できないものである。

遠距離から放たれる強力な攻撃。刀という近接武器しか手のないツグナには、対抗しがたいものだった。

「ウォーターレイン！」

裂帛《れっぱく》の気合が込められた詠唱が訓練場に響く。ツグナは何とか体勢を立て直したものの、致命的に遅すぎた。

腕を上から下へと振り下ろしたレインを視界に捉えたツグナは、ハッと頭上を見上げる。

ポツリと頬にかかる水滴。

「ぐがあああああぁぁぁ！」

そして次の瞬間、雨の如く降りしきる幾筋もの水の針が、ツグナの身体を襲った。服が破け、全身に熱と痛みが走る。そのあまりの数に、ツグナは意識を手放した。

「……ふむ。修練は上々、だな」

レインは放った魔法の感触を確かめるようにそう呟くと、倒れたツグナをそのままに訓練場を後にした。


「う……ぐっ……」

ゆっくりと瞼を開けると、目に映ったのは見慣れた地下室の天井だった。

(あぁ、これもいつも通り……か……)

視界がはっきりしていくにつれ、思い出したかのように全身に痛みが走る。

「ぐっ、くうぅぅぅ！」

思わず目の端に涙が溜まるが、どうにか上半身を起こして状況を確認する。ふと両手を見れば、痛々しいほどに包帯が巻かれている。最低限の治療は施していったらしい。

「ぐぎっ！　……これは当分おとなしくしておいた方がいいな」

右腕を上げると、釣られるように肩、背中、脇腹がじくじくと痛みを訴える。血が滲《にじ》んでくることはなかったが、切り傷が全身に及んでいるためか、動く度に所々から悲鳴にも似た訴えがツグナの中を駆け巡る。

「……今日はこのまま寝ておこう」

ここにある未読の本はあと数冊。全て読破し、生きるために必要な知識を蓄えたらこの屋敷から出ていくんだとツグナは目論んでいる。ゆっくりとベッドに向かい、横たわったツグナはすっと目を閉じた。

痛みを振り払い、呼吸を整えると、ツグナの意識は暗闇の中へと落ちていった。その先で、ツグナはまるで何かに導かれるように再び彼と出会った。

「やぁ、お久しぶり」

ツグナをこの世界へと転生させた張本人である神――ディエヴスに。

第4話　再会と最後の一冊

「あれっ？　ここは……」

「やぁ、久しぶりだね。元気してた？」

ツグナは再びあの白い空間——冥界の入口に立っていた。そして、あまり……というより二度と会いたくなかった人物が彼の名を呼んでいる。

「えっ？　嘘っ！　俺ってまた死んだのか⁉」

「残念っ！　キミは現在しぶとく生きてます！　やったネ☆」

前回会った時のことを思い出して動揺するツグナに、ディエヴスはテヘペロと可愛く見えるように舌を出してソッコーで否定する。

「死んでない？　じゃあなんで俺はここに……？」

眉根を寄せて訝しむツグナに、ディエヴスはふわりと微笑んだ。

「うん。それはキミに伝えておきたいことがあったからだよ」

「伝えておきたいこと？」

「キミの魔法、についてね」

端的なディエヴスの答えに、ツグナは思わず首を傾げた。

「魔法？　それって魔法適性のことか？」

「そうだよ。だってキミ、魔法適性『無し』って出たんでしょ？」

神様はヒマなのか、転生された後のツグナの様子を時折観察していたようで、今のツグナがどのように扱われているのかも知っていた。

忌子《いみご》として家族から避けられていること。

地下にあてがわれた部屋。

兄の練習台としての立場。

「いや、つくづく思うけど……あんなのを我慢してるなんて、キミってM《マゾ》なの？」

意外そうに呟くディエヴスに、ツグナは考え込む様子も見せずに告げた。

「モチのロン」

「えっ？　マジで？」

目を見開いて本気で驚くディエヴスに対して、ツグナは悪戯《いたずら》っぽい笑みを浮かべた。

「冗談だよ。扱いは酷いけど、まだちっこいからな。この世界で生きるために必要な知識を仕入れてる最中ってとこ」

「なるほど、考えてるね。それじゃあ、これからどうするのさ？」

「どうって、もうすぐ知識の仕入れも終わるから、あの家とはサックリさよならするさ。今まで溜めに溜めたツケも利子付きで支払ってもらった上で、な」

どこか腹黒さを宿した笑みを浮かべ、あっけらかんとツグナが告げると、ディエヴスも「まぁそれが無難だよね」と何とも軽い答えを返した。どうやらディエヴスも「さすがに酷過ぎるだろ」と近々他の神にチクる予定だったようで、「キミが出ていった後に裁きがあるだろうから」とさらりととんでもないことを口走っていた。

「それで？　伝えたいことって具体的に何さ？」

急かすようにツグナがそう言うと、ディエヴスはニヤニヤと笑みを浮かべ、モジモジともったいぶる。やがて、意を決したように告げた。

――もうすぐ使えるようになるよ、キミが望んだ魔法が。

「ふ～ん」

そんなディエヴスの『お告げ』を、ツグナは興味なさそうに受け流す。

「ちょ、ちょっと！　ボクがせっかく『お告げ』してあげてるのに！」

「いや、俺が望んで、もらったものなんだから使えるようになるのは当然だろ」

何を当たり前なことを、と言いかけたツグナを、ディエヴスは「いやいやいや！」と割と真面目に制して話を続ける。

「キミの望んだ魔法だけどね。強力すぎて一時は神の間で『やっぱマズくね？』って話題に上《のぼ》ったんだから！」

「そりゃよく確認しなかったお前が悪いんだろ？」

「うぐっ。確かにそうだけどさぁ……」

あの時のやり取りの中では「制限もかかるだろうし、これぐらいなら別に問題なくね？」と比較的安易に考えていたディエヴスだったが、後に他の神から「いや、制限があったとしてもこれって物凄いチートじゃね？」と指摘されて初めて気が付いた。

《創造召喚魔法》。それはモンスターにツグナが描いた通りの「設定」を施し、従わせるユニーク魔法である。

ここで大切なのは、事前にツグナが色々と「設定できる」という一言に尽きる。

「つまり、キミが『全系統の魔法が使えるモンスター』を思い描き、設定し、召喚しちゃえば……これ以上ない最強の召喚獣ができるというわけで……」

「そりゃそうだ」

「確信犯か！」

「詳しく訊いてこないのが悪いんだろ」

「そりゃそうだけどさ……制限がつくとはいえ、あの程度だと楽々クリアするだろうし……」

ため息をついて話すディエヴスの言葉に、ツグナの耳がピクリと反応を示す。

「へぇ。ちなみに、どんな制限なんだ？」

「それはキミ自身が見つけてよ」

「不親切だな。それでも神様かよ？」

「誰のせいでこうなったと思うのさ！」

ツグナの指摘に、肩を落として同意するディエヴス。もはやその姿に神としての威厳は欠片《かけら》も残されていない。

「でも、使えるようになるんだろ？」

「まぁね。でも、使うに当たっては色々と制限が課されているよ、って前もって説明しようかと思ってね」

「取説《とりせつ》かよ……」

「う～！　キチンと聞いてってば！」

「はいはい」

駄々っ子のように頬を膨らませるディエヴスを宥め、ツグナは先を促す。

「それで？」

「まず、キミも分かっているかと思うけど、《創造召喚魔法》はユニーク過ぎて分類ができないんだ。あの世界には七種七系統の魔法があるけど、キミの魔法はそのどれにも属さない。そして『設定』次第では全ての系統をもカバーできる。いわば黒の色を持った魔法になるわけ」

「何物にも染まらず、かつ全ての色が溶けた終わりの色……か。黒とは言い得て妙だな」

「感心してないで聞いてよ。それで、他の神と協議した結果……」

「結果？」

「『一応制限つけたけど、初めての魔法だし、まずは使ってみなきゃ話にならなくね？』ってことになりました～」

（……神様って軽っ!!）

割とあっさりした結論に、どこかの二流芸人のようにズッコケそうになるツグナだった。

◆◇◆◇◆

「……うぅ」

あれからどのぐらい寝ていたのか。ツグナはそろそろと目を開けて上半身を起こした。

「くぁ……ねむ」

ぼんやりと霞がかったままの意識。「二度寝したら？」とどこからか声が聞こえてくる気すらする思いだ。

「う～。眠いけどもうすぐだからな……」

傷がまだじくじくと痛むが、耐えられないほどではない。身体中の意志を総動員して起き上がると、ツグナはいつものように机に向かった。

「う～～ん！　だあぁぁぁ……」

背中を伸ばして脱力したツグナは、持っていた本を閉じて机の上にぐでりと頭を乗せた。今日も今日とて知識の集積に励み、今現在ツグナの頭はイイ感じに茹《ゆ》で上がっている。

（う～ん、頭ぐっずぐず……）

ふらふらとベッドに近づき、ボフッと音を立てて倒れ込む。

「あ～。またあそこから取ってこなきゃ……」

ベッドに倒れたツグナの視界。その隅に映ったのは、傷だらけで折れた木刀だ。ポッキリと折れた木刀に「申し訳ない」と少しばかりの謝罪をしたツグナは、近いうちに新たな相棒を作っておくことをメモ帳に書き記した。

ツグナにとって、このような折れた木刀を見るのは初めてのことではない。レインが練習相手にツグナを指名するようになって早三か月。練習を終える度に、ツグナは屋敷内にある倉庫から木剣を拝借し、この地下室で加工している。ツグナのそんな窃盗まがいの惨めな行為すら、レインやイーリアスの格好の話のタネらしい。ある日には、地下室へと帰る道すがら、こんな会話を聞いた。

「御父様、昨日私はアレを使って魔法と剣の練習をしてきました。練習を重ねる度に先生たちから『上達が早い』と褒められます」

「そうか。アレはどうだ？　使い勝手はいいか？」

「もちろん……ただ、毎回アレの持っている得物が壊れるのが練習する上で難点ではあります。武器を失い、戦う術《すべ》を失ったヤツを一方的に攻撃するのは練習にはなりませんから。まぁ、体《てい》のいい的になるからそれはそれでよいのですが」

「なるほどな。聞けば、見たこともないような木の剣だそうだが？」

「えぇ。普通の剣より細いし、見るからに脆そうです。ったく、何だってあんな物を持ちたがるんでしょうね？」

「さぁ、私には分からん……いや、待て。今お前は『毎回壊れる』と言わなかったか？」

「えぇ。そうですよ？」

「だとすれば、いつもどうやってその奇妙な剣を用意しているんだ？」

ふと問いかけるイリーアスに、レインは首を傾げつつも自分の推測を述べた。

「さぁ？　いずこかから盗んで来ているのでは？」

「そう言えば……時折、木剣の数が減っているような気がするな」

眉根を寄せて呟くイリーアスに、レインは確信を深める。

「ほら、やっぱりですよ」

「まぁ木剣の一本や二本減ったところでどうでもよいか。所詮道具は消耗品だからな」

「ですね。しかしながら、アレも自分が道具の一部だと自覚しているんでしょうか。惨めにも盗みを働いて加工しても、結局は私の『練習台』として使われるだけなのですがね」

その後に聞こえた笑い声。誰も聞いていないのをいいことに、好き勝手喋る家族……だった者たち。

この瞬間、ツグナの中でこの者たちに復讐することが決定していた。

「うっし。休憩終わり！　……さて、いよいよ最後の一冊だな」

机にあった本を書棚に戻し、未読のものを棚から出す。幾度となくこの地下室で行われてきたこの行為も今回で最後である。

「えぇ～っと……まだ読んでない本は……っと」

ツグナは人差し指でつらつらと棚を追いかけながら本を探し、ついに目的の物を見つけ出す。

「う、う～ん……なんだろ、コレ……」

手に取った最後の一冊。それは漆黒のカバーに銀の装飾が施された――

「魔書《ましょ》、だなコレ」

黒いオーラを発する本だった。

第5話　創造召喚

魔書。それは「魔導」の力を宿した書である。

この世界には、広く流布《るふ》している「魔法」の上に、魔導と呼ばれる上位概念がある。魔書、とはこの魔導のカテゴリーに属するものである。魔法と異なる点として、魔導を使用するにはそれ専用の特殊な「魔法道具《マジックアイテム》」を用いなければならないことが多く、ツグナの手にある魔書も魔法道具の一種である。

ちなみに、通常の魔法を発動する際にも、厳密には道具を使用する。杖や指輪などの「魔法発動体」と呼ばれるものがそれだ。これはより効率的に魔法を使えるように調整されたもので、誰でも使用できる。

魔導は魔法よりも数段強力な力を持ち、古文書や一部の地域に残る伝承では、魔導の力により国が一瞬で滅びたこともあったという記述が残されている。ただし、その検証は困難であり、過去にそのようなことが実際に起きたのかどうかについてははっきりと解明されてはいない。

けれども、そうした強大な力は人を魅了する。魔導の力を利用しようと、過去多くの人間がその力を求めた。

結果として強すぎる力は人々の間に争いを生み、多くの血が流れることとなった。

「フツー、こういうのは禁書指定で、王宮の特殊指定書庫などに収められているって聞くけどなぁ……」

黒いオーラを発する本を手に取りながら、ツグナはぼそりとそう呟いた。

ツグナの言う通り、魔書の多くは然《しか》るべき場所に保管され、厳重に管理されている。しかし、これには例外もあり、魔書の全てがそうした場所にあるわけではない。

市井《しせい》に流通してしまっているケースも一部にはあり、ひょんなことから魔書が見つかる……ということもあるにはある。

「確か……魔書はその本に認められた者しか扱えないんだっけか」

いつものように書棚から取り出した本を机の上に置いたツグナは、しばらく考えに耽《ふけ》った挙句、椅子を引いてその本と対峙した。

――魔書は人を選ぶ。

これは魔法を扱う者ならば一度は聞いたことのある言葉だ。

魔導は巨大な力を有する。それ故に扱える人間が限られ、魔書を手にした者全員が魔導の力を享《きょう》受《じゅ》できるわけではない。

ある魔書を巡っては、一国の主が領内の人間全てを呼び集め、本を開けるかどうか試した。けれども集められた人間は誰も、本を開くことができなかった。数年後、ある商人が領主の館を訪れた際にこの話を聞き、たまたま同行していた魔術師にその魔書を試しに持たせたところ、すんなり開くことができた……などという逸話まである。

「ま、物は試し…か」

どうせ無理だろうなと半ば思いながらも、ツグナは意を決して机の上の魔書へと手を伸ばす。本の装丁は、吸い込まれそうな漆黒に銀の刺繍が施された、見るからに「高価な」趣《おもむき》がある。

本を覆う黒いオーラがなければ、誰も「魔書」とは判断せず、ただの「高価で貴重な本」という認識しか抱かないだろう。

——もうすこし、だよ。

不意に再会を果たしたディエヴスの言葉がツグナの脳裏をかすめた。
ハッと気付いた瞬間——いとも簡単に、ツグナの右手は魔書を開いていた。

◆◇◆◇◆

「ははっ……開けちゃったよ」

なんともアッサリ魔書を開けたという事実に若干引きながらも、ツグナはページを捲《めく》っていく。

(……あれ?)

だが——

「これ……真っ白じゃん」

そこにはあるべき本文が一切記載されていなかった。パラパラとページを捲るも、ただの白紙が続くのみ。

「なんだよ……折角の魔書なのに……って。えっ?」

本を閉じ、棚に戻そうとした瞬間――ツグナの身体に衝撃が走った。

今の今まで黒で埋めつくされていたその表紙に、すらすらと銀の刺繍文字が躍ったのだ。

――Create summons
ツグナにしてみれば懐かしささえ覚える、英語表記のその表題。一瞬、本を覆うオーラが炎のように猛《たけ》り、裏表紙に熱が走る。

ツグナがその熱に驚いて見てみると、そこにはいかにも妖しげな図版が銀の刺繍で施されていた。

(なんなんだよ、コレ……)

不安と緊張を呑み込み、改めて一ページ目を捲ると、先ほどとは異なり簡単な「使い方」が記されていた。

曰《いわ》く――
一、召喚師はこの本に描いたものを任意に呼び出すことができる
二、召喚の際、召喚師は対価として一定量の魔力を差し出さなければならない
三、召喚されるものは事前に召喚師がこの本に書き記しておかなければならない
四、書き記す際は、魔力を込めて行わなければならない
五、召喚師は呼び出すものの特性や能力を設定することができる
六、設定は変更できない
七、召喚師が書き記したものは実戦や召喚された回数に応じて成長する

（これが……俺の望んだ《創造召喚魔法》……）

使ってみたい、というはやる思いを抑えつつ、ツグナは本に記載されている項目を読んでいく。

「だいたいこんなところか……しっかしまぁ……考えれば考えるほどホントに強力だな」

やがて魔書の「使い方」を一読し、本を閉じたツグナは、苦笑を漏らしながらそんな言葉を発した。なぜならこれは、ツグナが思っていた以上に強力な代物だったからだ。

（いくつかの制限はあるものの……一番の特徴は五と七だな）

ツグナのこの考察はなかなかに的を射ていた。召喚対象の設定の自由と成長。これはハッキリ言って、ツグナの力量次第でいくらでも強力なものができるということに他ならない。

「行使は慎重に……か。それにしても、この《創造召喚魔法》はまだまだ伸《の》び代《しろ》がありそうだな」

そんなことを呟くツグナの口の端は無意識のうちに綻《ほころ》んでいた。試してみたいことは山ほどある。検証も行わなければならない。

（まぁ、それなりにリスクは伴うだろうけどな）

そう考えながら、ふと気付いてツグナは小さく「ステータス」と呟いた。瞬間、その言葉に呼応するように、半透明の板が机の上に展開される。

属性

名前 ： ツグナ＝サエキ
種族 ： 人族
性別 ： 男
職種 ： なし
レベル ： 6
年齢 ： 7

ステータス

体力	350/350
魔力	650/650
筋力	60
耐久	55
敏捷	75
精神	75
器用	45

スキル

異世界理解（言語・文字）
回復速度アップ（HP・MP）
回復量アップ（HP・MP）
マップ（広域・詳細）
アイテムボックス（∞）
魔力消費削減
スキル習得速度アップ
刀術
必要経験値 1/20

固有スキル

異界の鑑定眼
創造召喚魔法

称号

現れたステータス画面。その一番下のカテゴリである「固有スキル」のうち、《創造召喚魔法》の欄をタップする。すると、別枠のウインドウに説明が付け加えられた。

『《創造召喚魔法》（消費魔力50）【系統：黒】：魔導書《クトゥルー》に描いたものを任意に召喚できる魔法』

「なるほど。この魔書は《クトゥルー》って言うのか……」

ようやくこの魔書の名前を知り、ツグナはうんうんと一人頷いた。もしこの様子を見ている人間がいれば、あまりに簡単に魔書を読み解く姿に呆れるか卒倒するかであるが、この部屋にはツグナ一人しかいない。この状況がツグナにとってよいものであったかどうかは分からないが。

「……さて、と。情報収集はこれぐらいかな。あとは実際に使ってみないと分からんが」

ツグナは改めて魔書《クトゥルー》と向き合う。本を開いて白紙のページをしばらく眺めていたが、意を決したように付属の羽ペンを掴むと、深呼吸を一つしてから筆を走らせた。

（どれほどの魔力を込めて描けばいいのか分からないけど、まぁ持てる魔力を全て注ぎ込むぐらいで大丈夫だろ）

そんなことを考えつつ、ツグナは羽ペンを動かしていく。そのペン先に尋常でないほどの魔力を込めて。

「で、できたぁ〜」

頬をべたりと机の上に付けたツグナは、投げるように羽ペンを転がした。時間を忘れ、ただ目の前のことに没頭していた。

何もない、ただ白い世界を染め上げる作業。

それはツグナにどれほどの喜びと快感を与えたことか。

元の世界でただ漫然と描いていた頃よりも、それはずっと愉快で面白いものだった。羽ペンを動かす手を止めた彼の目の前には、一匹の狼の絵が描かれていた。

――フェンリル。

この狼は、地球の北欧神話に登場する怪物だ。世界を呑み込むと予言され、恐れられた狼である。暴走を防ぐべく、「グレイプニル」という紐で縛りつけられ封印された、北欧神話最強の魔獣の一角を成す存在である。

「よろしく頼むな、リル……」

フェンリルという種族名から、ツグナはこの狼をそう名付けた。安直と言われればそれまでだが、この時のツグナにはこの名前しか思い浮かばなかった。

彼が一番最初に描き、生み出したその狼に似た生き物は、強い意志を感じさせる光を瞳の中に宿していた。

第6話　旅立ち

ツグナがリルを描き上げてから幾日か後。また地下室の扉がノックされた。

「レイン様がお呼びです」

「分かりました」

かけられた言葉に、ツグナはいつも通りの返答を行う。今日は自分にとっての転換点となる日だ、という想いを心の内に抱えたままに。

ツグナは新しく加工した木刀と、魔書《クトゥルー》を手に取る。木刀を脇に挟み、魔書は左腕の中にしまい込んだ。身体の中に魔書が入り込む様子は、さながらホラー映画のようであり、奇術にも見える。

この現象に気付いたのは本当に偶然だった。少しばかり眠ろうかと机に突っ伏して、閉じた魔書の上に手を置いた時、それは何の抵抗もなく手の中へと沈み込んだのだ。

「うわあぁぁぁ！」

あまりの衝撃に疲れも眠気も吹き飛んだ。その後の検証で、しまい込んだ《クトゥルー》を頭に思い浮かべながら取り出そうと考えると、再び現れることが分かった。

「う〜ん……便利っちゃあ便利だけど……そうそう人に見せられるもんではないな」

身体の中に魔書を入れては出してを繰り返しつつ、どこか他人事のようにツグナは呟いたのだった。

◆◇◆◇◆

「――あれっ？」

訓練場の扉を押し開けたツグナは、視線の先にいる人の多さに、小さな疑問の声を漏らした。いつもなら、中央に立つレインと端に立つ侍女数名だけであった。今回はそれらに加え、領主である父イリーアスとその妻アイシャ、双子の娘のリーナとアリアの姿がある。

要するに、家族が勢ぞろいしている状態なのだ。

「今日は、ボクの成長した姿を見たいと御父様から要請があったのでね。妹たちもそろそろボクと同じように実戦を交えた魔法の訓練を勧められているんだよ」

（つまりは見せしめってわけか……）

ニコニコと嬉しそうに話すレインの様子から、ツグナは正確にその意図を見抜いた。

自分がこの家に必要とされていないことは既に承知している。

けれども、これまでは独り立ちするのに必要な知識を持ち合わせていなかった。力もなかった。

だからずっと我慢していた。しかし――

「そうか……それなら都合がいい」

「なにっ？」

ツグナは不敵に口の端を吊り上げて笑う。虚ろな眼に寒気すら覚える笑みが貼り付く。あくまで自然な態度を装ってはいる。だが、彼の内にはかつてないほどのドス黒い劫火《ごうか》が渦巻いていた。

「よくもまぁ、ヒトを散々コケにしてくれたな。地下室に俺を閉じ込めて、お前はヌクヌクと育ってきたワケだ……ハハッ。何もできない俺を嬲《なぶ》って楽しかったか？　いやぁ、そう考えるとお前らってよほど器が小《ち》っさいのな」

「――っ！　貴様っ！」

あからさまな挑発に、レインは顔を真っ赤にしてツグナを睨みつける。

けれども、ツグナからすれば、そんなものはむしろ自分を楽しませる材料でしかない。

「おいおい、本当のことだろう？　成長した姿だぁ？　冗談も休み休み言ってくれよ。ただ自分だけが楽しそうに攻撃して俺を嬲っておいて、成長も何もあったもんじゃないだろ」

「もういい！　お前の戯言《ざれごと》など聞きたくもない！　お前のような呪われたヤツは、ただ黙って従えばいい。二度とそんな口がきけないようにしてやる！」

そう叫ぶなり、レインは刃引きした鉄の剣を持って駆け出した。

「もう少し話させてもらえないものかね――なぁ、リル」

ずるりと身体から引き出した魔書を片手に、ツグナは自らの内に宿る魔法を行使する。

彼の呼び声に応えるように、青白い光の粒子が傍に集まった。粒子が散ったそこには、銀色の鮮やかな毛並みを持つ一匹の狼の姿が現れていた。


「なんだソレは……なんなんだ！」

急制動をかけ、驚愕の表情で問いかけるレインに、ツグナはため息を一つついて、傍らにいる狼の背を撫でた。

「なにって、俺の魔法だけど？」

「ふざけるな！　お前は『魔法適性無し』のはずだろ！　それなのにどうして……どうしてお前のような呪われたクズが魔法を使えるんだ！」

吐き捨てるようなレインの叫びは家族を代表したものなのか、イリーアスやアイシャも、驚愕と疑問が混じった視線をツグナへと向けている。

「――黙れ小僧。先ほどから我が主を侮辱する言葉の数々……いい加減、その細い喉を喰い千切ってやろうか！」

腹の底が冷えるほどの低い怒りの声。それはツグナの横から聞こえたものだった。凛としたその声は、魔物や魔獣には見られない、確かな知性を宿している。

「よせよ、リル」

「ですが！」

「まぁ待てよ。後でタップリ遊ばせてやるから」

ツグナは苦笑しつつもリルと名付けた狼の喉を撫でた。よほど気持ちいいのか、リルの尻尾が左右に揺れている。

ツグナの言うことに従順に従う狼。星屑《ほしくず》のような輝きを放つ銀の体毛と、獲物を捕らえて離さない獰猛《どうもう》さを宿した赤い瞳が特徴的だ。その姿はレインさえ嫉妬するほどに美しく、強烈な存在感を放っていた。

「さて、と。ここらで挨拶でもしておくかな」

ニヤリと笑ったツグナは、少し前から驚いた顔しか見せない両親「だった」者たちへと視線を移す。

「やぁどうも。今日は今までの御礼も兼ねて挨拶させてもらうよ」

「挨拶、だと」

不意に言葉を掛けられたイリーアスは、眉根を寄せてツグナを軽く睨む。

「あぁ。まずは『生んでくれてありがとう』だろ、次に『閉じ込めてくれてありがとう』に、『衣食住』をありがとうだな。まぁ、出されたメシはマズかったけど。知ってるんだぜ？　俺に出された食事はお前等が残した残飯だってことはさ」

取り繕った言葉で、ツグナは一応の感謝の意を伝えた。今指摘したように、たとえ与えられたのがボロボロの衣服と食事と呼べないほどにマズい飯、暗く汚い地下室という過酷な状況だったとはいえ、こうして彼が生きてこられたのは、この家族があったからこそだ。

ツグナは夜中に屋敷内を歩いて回り、残っていた料理人からこの話を聞いた。料理人もツグナに忌避感《きひかん》を覚えているのか、最少限の会話のみだったが、食料事情について話を聞けただけでもよかったことはよかった。

「……」

「今日は御家族が勢ぞろいみたいだし、良いタイミングだと思うから……今までの御礼をしてあげようかとも思ってな」

「御礼とは……」

何だ、と言い切る前に、ツグナはイリーアスに向かって笑う。

ゾッとするほどの悪意を込めた笑顔で。

黒い復讐の炎を宿らせた、虚ろで濁った瞳を対峙する相手に向けて。

「リル。そいつが死なない程度に遊んでやれ」

瞬間、爆《は》ぜるように狼が駆け出した。

「ぐっ！」

リルが爆ぜたのと同時に、レインは剣を楯に攻撃を防ごうと構える。隙を見て、その身体に剣を刺してやろうとも考えていた。

「舐《な》めるな小僧が！」

速度が乗ったリルの身体が、レインの構えた剣に当たる。その衝撃はいくら剣術を学んできたレインであっても防ぐことはできない。

身体をくの字に折り曲げながら、レインは吹き飛んでいった。数度ほど身体をバウンドさせ、地に伏せる。

「ぐはっ、はっ……はっ……」

剣を杖代わりに立ち上がったレインだったが、そんな彼に容赦のないリルの攻撃が幾度も浴びせかけられる。

「ぐっ、がはっ！」

「痛いか？　苦しいか？　お前にはこの苦しみでさえも生温《なまぬる》いわ！」

怒りを込めてそう吠えたリルに、後ろから炎と土の矢が襲いかかる。

「フン！　舐められたものよ」

リルは造作もないと言うように、鼻で笑って回避する。その矢が放たれてきた方向では、イリーアスとアイシャがそれぞれ右手を突き出して立っていた。

「これ以上息子に手を出すな、化け物が！」

イリーアスの声が訓練場に響き渡る。

リルが「どうする？」と問いかけるような目でツグナを見ると、主は軽く肩を上下させてから首を縦に振った。

「小賢《こざか》しいわ。我が主にその愛情のひと欠片でも注ごうとは思わなかったのか？　お前は何様だ？　領主か？　貴族か？　――いや、一人のただの矮小《わいしょう》な人間だ！」

リルが吠えると同時、その身体が暴風と紫電を纏《まと》う。

そして――

「暴風の嵐《ストーム》」

「疾走紫電《スパーク》」

その二言が紡がれた後、竜巻がイリーアスとアイシャに襲いかかり、青白い光がレインを貫く。

「「いやあああぁぁぁぁ！」」

双子の娘、リーナとアリアが悲鳴を上げるのを聞きながら、ツグナはただ結果を受け入れた。

イリーアスとアイシャは切り傷だらけで倒れ果て、レインはぶすぶすと煤《すす》けた状態で訓練場の床に四肢を投げ出している。

「じゃあな」

今までの鬱憤《うっぷん》を晴らし、ツグナは静かにそう呟くと、リルを連れて訓練場を後にした。その声に動揺はなく、冷たい響きのみが残った。

第7話　森の中

「これからどうするのだ？　あの家から出られるのは清々《せいせい》するが、まずは住む場所を探さねばならぬだろう」

　銀色の尻尾をゆらゆらと揺らしながら、リルは主であるツグナにそう問いかけた。ちらりと目を向けると、ツグナはどこかスッキリした顔で嬉しそうに「そうだね」と呟く。

　ツグナは訓練場から出ると、前もって決めていたルートを回った。

　最初に向かったのは武器庫である。自分をゴミ扱いするこんな家にはもう一秒たりとも留まっていたくなかったが、実際飛び出したところで武器を持っていなければ魔獣に食われてアウトだ。ツグナは自分がこれから一人で生きていくための用意を整えようと、部屋に足を踏み入れた。

「……よし、最低限は揃ったかな。あとは俺の武器だけど……」

　ひとしきり漁った後、ぐるりと武器庫を見回す。初めてこの場所へ来た時から「将来自分が武器を持つならコレ！」とアタリをつけているものがあった。

「おっ！　あったあった……まぁ、さすがにコレを持ち出そうなんて考えるヤツはいないか……」

　ツグナは目的の物を見つけると、器用に腰のベルトに差す。

「主、そんな貧弱そうな武器でいいのか？　ここには他にも上質な剣があるが」

「いいんだよ。これは木刀《コレ》と同じ、刀だ」

そう。ツグナが腰に差したのは、元の世界でも幾度か目にした「刀」である。黒漆《くろうるし》の艶を放つ鞘から抜いてみれば、薄い刀身に浮かび上がる綺麗な刃紋が照らし出された。

真剣のため、重さはそれなりにある。それはむしろツグナにとって心地よくすらあった。

ツグナは武器庫を出ると、続いてある部屋へと向かう。

「なんだか気分は盗賊であるな……」

「ま、仕方ないだろ。地下室《あそこ》にはクローゼットなんてなかったし。手っ取り早い方法はこれしかないんだよ」

苦笑いを浮かべながら、ツグナは棚からひょいひょいと衣服を取り出していく。リルが「盗賊のようだ」と言ったのは、この部屋が「レインの部屋」であるためだ。

地下室に閉じ込められ、真っ当な扱いをされてこなかったツグナは、当然ながら一般的な服すら持っていなかった。

いつも身につけていたのは、ところどころ破け、解《ほつ》れの目立つボロボロの服とズボンである。捨てられそうなものが「再利用」という形でツグナに与えられていたに過ぎない。

屋敷を出るに当たり、身なりだけは少しでもまともにしておこうかと、ツグナなりに意識していたのだった。

着替えを終えると、大きな姿見の前で自分の格好を改めて見てみる。

下は黒のズボン、上は薄手のシャツ、シャツの上には革製の黒いジャケットを羽織るツグナの姿が鏡に映っている。手には指抜きグローブを装着し、二度三度と手を閉じたり開いたりして感触を確かめる。

武器庫で仕入れたナイフ等は腰、両腕、両腿等各所に配置済みだ。

「さて、準備完了！　っと。そろそろ行こうか」

「うむ！」

部屋を出たツグナとリルは、どこか嬉しそうに屋敷を後にした。

「ちなみに、これからどこへ行こうと言うのだ？」

「魔の森」

さらりとツグナが答え、少し間を置いた後に再び口を開いた。

「生き抜くためには強くならなきゃならない。可能な限り早くな」

「しかし、あそこは強力な魔獣が出るのではなかったか？」

リルが魔の森についての知識を持っていたことに軽く驚きつつも、ツグナはその言葉に首肯する。

「確かにな。ただ、俺は『普通の』魔法は使えないっていう欠陥を抱えているんだ。それを克服するには生半可な覚悟じゃダメだ。それこそ、自分の命を秤《はかり》にかけるような真似をしないと、俺の望んだ強さなんて手に入れられないんだよ。何事を成すにも、対価は必要だろ？」

そこまで言い切るツグナに、リルは「呆れた」と言わんばかりに鼻息を一つついて、すりすりと額を主のズボンに擦りつけた。まるで「自分の存在を忘れてもらっては困る」と暗に告げるかのように。

(自分のレベル、《創造召喚魔法》の理解に検証……やるべきことは多そうだ。けど、これで俺はやっとスタートラインにつけたわけだ)

リルを本に戻し、屋敷を後にツグナは道を進んでいく。時折ツグナの方を見ては訝しげな目になる輩《やから》がちらほらと見受けられたが、そんな視線を無視して、一人歩いていった。

◆◇◆◇◆

――イグリア大陸。

それがツグナの転生した世界である。大きな楕円形のこの大陸には、三つの大きな国が存在している。そして、この大陸の中央部には広大な森林地帯が広がっていた。

過去、それぞれの国が版図を広げようと、この森林に足を踏み入れた。

しかし、そのどれもが失敗に終わった。この森林には通常よりも強力な力を持つ魔物や魔獣と呼ばれるものが数多く生息していたことが、大きな要因である。

また、この森林の最奥部には巨大な迷宮《ダンジョン》が存在する。それはいつ現れたのかも定かではなく、完全踏破を成し遂げた者もいない。そのため、現在ではこの森林は三国の「不干渉地帯」と定められ、「魔の森」などと呼ばれ恐れられていた。

なお、迷宮は大陸の各地に点在している。多くの冒険者は日々各地の迷宮に挑みながら自らの強化に励む一方、武器の購入や討伐した魔物や魔獣の素材を流通させることで迷宮の近隣にある都市を潤《うるお》しているのだ。

「さて、と。んじゃ、行くか」

そんな魔の森に、ツグナは足を踏み入れた。

ツグナが歩きはじめてしばらくすると、視線の先にあった草むらが音を立てて揺れた。

「……」

ツグナは慎重に腰に差した刀を抜き、警戒度を高める。

「シャアアァァァァ……」

草むらから姿を現したのは「ホーンラビット」と呼ばれる、鋭い一本角を持つ兎の姿をした魔獣だった。その名の通り額から生える長い一本角を使用した攻撃が特徴で、動きが素早く油断できない相手である。

「初めての魔獣との戦いか……」

ツグナはどこか嬉しそうに、標的に向かって駆け出した。

「危ねぇ！」

突っ込んでくるホーンラビットの攻撃を刃を立てて受け流し、お返しとばかりに斬り込む。手に伝わる肉を切る感触に少しばかり顔を歪めながら、深手の相手に止《とど》めを刺す。

「ギャピイイイィィ……！」

断末魔が止み、左右に血振りを行ってから静かに刀を鞘に戻す。すると、脳内にピロンとシステム音らしき音色が響いた。ツグナは「もしかして……」という思いのままにステータスを呼び出した。

属性

名前　：　ツグナ＝サエキ
種族　：　人族
性別　：　男
職種　：　なし
レベル：　9
年齢　：　7

ステータス

体力……………… 436/436
魔力……………… 757/757
筋力……………… 70
耐久……………… 65
敏捷……………… 78
精神……………… 77
器用……………… 57

スキル

異世界理解（言語・文字）
回復速度アップ（HP・MP）
回復量アップ（HP・MP）
マップ（広域・詳細）
アイテムボックス（∞）
魔力消費削減
スキル習得速度アップ
刀術
必要経験値 1/20

固有スキル

異界の鑑定眼
創造召喚魔法

称号

「一気に3レベルも上がったのか……」

どうやら今のシステム音らしきものは1レベル上がるごとに鳴るものではないらしい。ツグナは「まだまだ知らなきゃならないことが多いな……」などと一人ごちた。

ちなみに、今のホーンラビットは単体でレベル8の魔獣である。レベル差があったにもかかわらず倒せたのは、単純にツグナのステータスが高いことが要因である。

自分と比べられる対象のステータスをこれまで見る機会さえなかったツグナは、自分がどれほどの異常なのか認識していない。

補足するならば、現在のツグナと同じレベル9の人族のステータスの平均値はこのようになる。

The Black Create Summoner

属性

名前　：—

性別　：—

レベル：9

年齢　：—

種族　：人族

職種　：なし

ステータス

体力……………………405/405

魔力……………………450/450

筋力……………………60

耐久……………………55

敏捷……………………55

精神……………………60

器用……………………50

スキル

固有スキル

称号

いかにツグナのステータスが高いか、言わずもがなである。

ツグナは「これも生き抜くため」と割り切り、仕留めたホーンラビットの解体を始めた。腰に差したナイフを引き抜いて、皮膚、肉、骨と器用に切り分けていく。

御世辞にも綺麗で素早いとは言えなかったが、ツグナなりに時間をかけて丁寧に行った。切り分けた部位はスキルの一つである「アイテムボックス」に仕舞い込み、ひと息入れる。

「いや、やっぱり経験すると違うもんだな……」

ツグナに足りないのは経験である。この世界に転生し、あの地下室の中で各国の大まかな歴史、一般常識、貨幣、行政組織等を頭に叩き込んだはいいものの、所詮は机上のものであることに変わりない。実地での経験は、知識よりもさらに有意義な知恵を生み出す源泉となる。

「さて、と。次行きますか！」

ナイフを再び腰に差すと、ツグナは次の獲物を探すべく森の奥へと向かった。


ホーンラビットを倒した後、ツグナは森の外縁部を探索していった。これは自分のレベルを考えた上での安全策であった。

誰であれ、無茶を承知でいきなり森の最奥部へ突撃しようとは考えない。ツグナもご多分に漏れず、そうした予防線を引いたのだ。

「おっ！　スピラ草だ！」

しかし、単に魔獣の討伐によるレベル上げだけがツグナの目的ではない。自分のスキルである「マップ」や「異界の鑑定眼」を駆使し、スピラ草や月光草、その他利用できるものを採取している。

マップに時折光点が表示され、その光点の場所へ行くと、地下室にあった図鑑や本で見た薬草を見つけることができたのだった。

（う～ん。どうやら、このマップは俺が得た知識とかと連動してるらしいな。しっかし、あの屋敷ではほぼマップスキルは使わなかったけど……これからはこのスキルは積極的に使っていくだろうな）

マップスキルについては、ツグナはこれまでほとんど使用していなかった。大抵の時間をあの地下室で過ごしていたため、スキルを使う頻度自体が低かったことも原因の一つとして挙げられるだろう。

検証の結果、このマップスキルは実はかなり使い勝手がいいスキルだということが判明した。脳内だけに表示したり、視界に割り込むように小さく表示させたりすることもできた。

脳内に表示する場合は、目を閉じて意識をある程度集中させる必要があるが、かなり詳細な情報が入手できる。一方、視界に表示させるのであれば、表示範囲は小さいものの、移動しつつ確認できる。またステータスのように、立体映像のような形で表示させることも可能だ。

「パーティの一人に欲しいスキルだな」と何かの通販番組に出てくるようなセリフを呟いてしまったツグナは、視界の端にマップが表示されるようにして、表示範囲の倍率を上げた。

(マップの範囲が広すぎると大きな薬草類の群生地しか表示されないな。表示範囲は俺の周囲三〜五メラぐらいが妥当か)

倍率を上げると、近くにいくつかの光点が表示された。広域マップでは表示しきれなかった小さな反応も、範囲を絞ったおかげで見落とすことなく確認できる。

あの地下室では書籍を通じてしか知り得ることのできなかったものに、こうして実際に自分の目で見て、触れることはツグナにとって大きな喜びであり、感動すら込み上げてくる。

「やっぱりこの森は利用できる植物が多いな。歩き回ってるだけでスピラ草と月光草がこんなにたくさん手に入ったからな」

ニンマリと口元を綻ばせて喜ぶ。スピラ草はＨＰ回復の役割を、月光草はＭＰ回復の役割を果たすポーションの材料になる。

(今はまだ調薬関係のスキルはないけど、ゆくゆくは自分でできるようにしたいな……いや、できるか。俺の魔法はなにも戦闘に限ったものじゃないだろうし)

自分の持つ『ユニーク魔法』をどのように、またどこで使っていくのか。そんな将来像をぼんやりと考えると、期待に胸が躍る。一度採取した薬草をアイテムボックスへとしまい込み、ツグナは再び歩き始めた。

「うん？　これは……」

さくさくとスピラ草を採取していたツグナの視界に映し出されたマップに、新たな光点が表示される。ツグナははやる気持ちを抑え、マップが示した光点の場所へ急ぐ。

「すごっ！　リンネ草の群生地だ！」

目的の場所へとたどり着くと、ツグナはいそいそと採取に取りかかった。リンネ草はそれ単体では効果の出ない薬草だが、スピラ草や月光草と組み合わせることで、その薬効を引き上げる特性がある。

この草はどこにでも生えているものではない。限られた条件下でのみ繁殖する、特殊な薬草なのである。

「～♪」

思わず鼻歌を歌いながら採取に勤《いそ》しむツグナの耳に、「メキメキッ」と太い木の幹が折れる嫌な音が届いた。続いて腹の底まで響く震動音が起きる。

「なんだよ……って、オイ……」

後ろを振り返ったツグナは、視線の先にある生き物の姿を捉えて思わず手を止めた。

「うっわ……ヤバッ」

ツグナの目の前には、体長二メラを超える、熊の姿をした魔獣が炯々《けいけい》と眼を光らせて立っていた。

「さすがにこれはキツイかな……」

ツグナが視線を目の前の熊型魔獣に集中させると、視界の端に半透明のウインドウが立ち上がる。

属性

名前　：　—

ランク：　D

レベル：　17

種族　：　サーベルベア

ステータス

体力……1513/1513
魔力……1167/1167
筋力……122
耐久……117
敏捷……120
精神……110
器用……108

スキル

筋力上昇
咆哮

固有スキル

特徴

上あごから二本の長い牙を生やす熊。
腕力だけではなく、その噛み付きも
驚異的であり、一撃で対象を噛み砕く。

「う～ん。思いっきり格闘系だな……」

そんなことを呟いていると、サーベルベアは「グガアアアァァァ！」と吠え声を上げた。

鑑定眼によって示された「ランクD」とは魔物や魔獣の危険度を示すモノである。一番下がE（レベル10以下）であり、次いでD-～D+（レベル10～25）、C-～C+（レベル25～40）、B-～B+（レベル40～70）、A-～A+（レベル70～１００）と、ランクが上がるにつれて対象のレベル帯も上がっていく。

また、A+の上にS、SS、SSSといったランクも設けられている。Sは都市半壊、SSは都市全壊、SSSにいたっては国家壊滅クラスの危険度を示している。

サーベルベアのDというランクは、安全を考慮するならば複数人で対処する必要性がある、というほどの魔獣である。

通常はおよそ一人で片付けられるレベルでないのは間違いない。

（こりゃあ一人じゃキツイな……）

素早く判断を下したツグナは、刀を抜き放ち、左腕から魔書《クトゥルー》を引っ張り出す。

「お前とひと暴れすることになりそうだな……来いっ！　リル！」

自分を喰い殺そうと向かってくる敵を視界に入れながら、ツグナは相棒の名を告げた。

「――ウアオオオォォォ！」

本が光を放ち、嬉しそうに吠え声を上げながら現れた銀の狼は、対峙する敵に向かって走り始める。

「うらあぁぁ！」

駆け出した相棒に置いていかれないよう、ツグナも気合を入れて刀を振るった。


「シッ！」

ツグナはサーベルベアが繰り出した爪を半身ずらして回避し、逆袈裟《ぎゃくけさ》切りに斬り込む。

「グガアァァ」と辛そうな雄叫《おたけ》びを上げ、サーベルベアはわずかに距離を取った。

先ほどからの攻防で、さすがのツグナも体力の限界を迎えつつあり、肩で息をするほどに呼吸が荒い。ちらりと見やると、細かく息を吐きつつもしっかりと敵を見据えているリルの姿があった。

「くっそ……やっぱり基礎鍛練は継続課題だな」

ニンマリと笑うツグナ。一歩間違えれば死が訪れるこの状況でも、どこか余裕を持っている自分に内心驚いていた。

「そんなことを言っている場合か？　さすがに我も主も限界が近いぞ」

リルがたしなめるように、また呆れるように返す。

周囲には激闘の跡が痛々しく刻まれている。抉れた地面、折れた木々の数々……サーベルベアの存在に恐れをなしたのか、幸いにも周囲に他の魔獣の気配がないことが救いであった。

接敵してから既に十五分が経過しようとしている。既に長期戦の様相を呈しているが、そうなっていけば不利なのはまず間違いなくツグナたちである。

サーベルベアは見た目の鈍重さとは裏腹に、俊敏性と攻撃力を生かした戦闘を得意とする。見た目に騙された者はまず例外なく屠《ほふ》られるのが現実であった。

「リル。アイツも俺たちも限界が近い。一か八か、やってみるか」

「やってみるって……まさか！」

冗談だろ、と驚きの目を向けてくるリルに、ツグナはイタズラを仕掛けた子供が浮かべるような笑みで応えた。

戦いの最中、幾度かレベルアップの音がツグナの脳内に響いていた。

ツグナは「異界の鑑定眼」で自分を見て、確かにレベルが上がっていることに加えて、新たなスキルが追加されているのに気付いたのだ。

The Black Create Summoner

属性

名前 ： ツグナ＝サエキ
種族 ： 人族
性別 ： 男
職種 ： なし
レベル ： 10
年齢 ： 7

ステータス

体力	536/726	敏捷	80
魔力	423/830	精神	79
筋力	72	器用	63
耐久	65		

スキル

異世界理解（言語・文字）
回復速度アップ（HP・MP）
回復量アップ（HP・MP）
マップ（広域・詳細）
アイテムボックス（∞）
魔力消費削減
スキル習得速度アップ
刀術
必要経験値 1/20

固有スキル

異界の鑑定眼
創造召喚魔法
［＋纏化］

称号

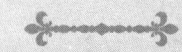

新しく増えたスキル「纏化《てんか》」。そこに視線を合わせると、詳細な説明が現れた。

『纏化（消費魔力40）：召喚したものを身体に纏うことができるスキル。召喚物に合わせた能力を行使することができ、一時的に基礎能力値《ステータス》も向上する』

新しくスキルが増えた嬉しさを噛み殺すツグナ。今の戦況に光明が見えた気分だった。

新しいスキルをぶっつけ本番で試すなど、正気の沙汰《さた》ではない。けれどもこの膠着《こうちゃく》状態とやがて不利になる戦況を回避するためにはどうしても必要であるのも間違いない。

リルもこうなった主には何を言っても無駄だと分かっているのか、呆れたようにため息をついた。

「我は主が生み出した従者。ならば、最後まで主に従うのみ！」

「上等っ！」

テンション高くそう叫んだツグナは、己に向かってくるリルを静かに受け入れる。

「行くぞ！　――『纏化』っ！」

ぶっつけ本番で新しいスキルを発動させると、リルは緑色の霧と化してツグナの身体を覆っていく。

「お前の力、借りるぜ！」

「あぁ、主っ！　存分に頼るがよい！」

基礎能力値が一時的に増加したツグナは、踏み出した地面がボゴッと陥没するのもそのままに、目の前の敵へと突っ込む。

「あああああぁぁぁぁぁ！」

リルをその身に纏ったツグナは、「纏化」の特性を発動させる。抜き身の刀身に風と雷の力を宿らせ、視線の先でこちらを待ち受けていたサーベルベアを斬りつけた。

「グッガアアアアァァァァ……！」

風の力が肉厚のサーベルベアの肉体を易々《やすやす》と切り裂き、雷の力がその心臓を止めた。勢いを止めないツグナはサーベルベアの脇を通過し、十メラほど離れたところで急制動をかける。

「ぐっ、はっ……はぁっ、はぁっ……」

ぼんやりとした意識の中でシステム音が頭の中で数度響き、サーベルベアがぐらりと揺れて倒れた。ツグナは荒くなった息を整えつつ、「解除」と念じる。同時に身体に纏っていた緑色の霧が消え、彼の横には再びリルの姿が現れた。

「終わった……か」

長い戦闘を終え、血振りを行い納刀する。噴き出る汗を拭い、同じく「もう疲れた」と言いたげなリルを見てその頭を撫でた。

「今のは、なに……？」

不意にツグナの後ろから聞こえてきた声。ツグナは「えっ？」とその方向へと振り向く。

「い、今のは……魔法なの？　魔法だとしたら、あなたは一体……？」

ツグナの視線の先には、驚愕した表情を浮かべる妙齢の美しい女性が立っていた。

第8話　エルフ＋姉＝最強？

「まったく。薬草の在庫も把握できてないってのは、師匠としてどうなのかしら……」

ぶつぶつと文句を垂《た》れながら、一人の女性が森の中を歩いていた。時折吹きぬける風に金色の髪を揺らしながら、軽い足取りで森の中を突き進む。

手に持つ籠の中には彼女が採取した数種類の薬草が収められていた。必要な数は確保できているが、また同じような目にあうことも考え、少し多めに採取しておこうかとここまで足を延ばしたのであった。

「ずいぶん遠くまで来たわね……って、あらっ？」

そう一人ごちた彼女の耳に、小さな声が届く。声の高さからまだ幼い印象を受けた彼女は、瞬間的に状況を察し、思わず駆け出した。

「なんでこの森に……っ!?」

大の大人でも尻込みするこの「カリギュア大森林」に、幼い子供が足を踏み込むとは。この森に棲息する魔物や魔獣は、他のエリアに棲むそれよりもレベルが高いことで有名である。

そんな場所に無力な子供が立ち入ればどうなるか——彼女は舌打ちしたい気持ちに駆られつつも、現場へと急いだ。

(お願いだから間に合って！)

——だがそんな気持ちも、視線の先にある光景を前にして、どこかへと吹き飛んで行った。

(ど、どうしてあんな子供が⁉)

なぜなら、嬉々としてサーベルベアに闘いを挑み、一歩も退《ひ》かずに刃を交える幼い少年がそこにいたからだ。両者の戦闘は長らく続いていたのか、少年の息が荒いのが見て取れる。やはり自分が助けに行かなければと一歩踏み出したその時——

「リル。アイツも俺たちも限界が近い。一か八か、やってみるか」

少年がニヤニヤと笑みを貼り付かせながら、傍らに寄り添う狼に語りかけた。

「やってみるって……まさか！」

(ちょ、ちょっと……な、何を……)

思わず「無謀なことは止めなさい！」と割り入りかけた彼女の目の前で、今まで見たこともない「魔法」が展開される。

「——『纏化』っ！」

少年がスキルを発動させると、控えていた狼が緑色の霧と変化し、その身体に纏われていく。

「お前の力、借りるぜ！」

「あぁ、主っ！　存分に頼るがよい！」

呆然とその様子を見ていた彼女は、驚きと興奮を混ぜ合わせた表情を湛えながら、ぽろりと言葉をこぼした。

「――今のは、なに……？」

彼女のそんな声を聞き届けたのか、ハッとした表情でその少年――ツグナが振り返った。

◆◇◆◇◆

「今のは一体なんなの……？」

不意に聞こえた言葉に、ツグナは最大限の警戒心を抱いて振り向いた。傍ではリルも「ウグルルウウウ……」と警戒心を露わにし、全身の毛を逆立てている。そんな一人と一匹の視線の先、大きな木の横には、一人の美しい妙齢の女性がいる。

腰まで届く長い金髪に翡翠《ひすい》色の瞳。綺麗に整った卵型の顔立ちにくりっとした目はどこか幼さも感じさせる。そして、その女性の一番の特徴は、長く尖った耳だった。

ツグナは突然姿を現した女性に警戒を絶やさず、その右手を腰に差した刀へ伸ばしていた。

「あ、あの……そのぅ……」

もごもごと言い淀んだその女性は、我に返ったのかわたわたと慌て始め、取り繕うように「ご、ごめんなさい！」と頭を下げた。

「い、いぇ……それにしても、どうしてこんなところに？」

張り詰めていた空気が一瞬にして霧散していく。突然の謝罪にすっかり毒気を抜かれたツグナは、少しばかり警戒心を緩めて女性に問いかけた。内心「申し訳ないなぁ……」と思いながらも視線を集中させて「異界の鑑定眼」を発動させる。

The Black Create Summoner

属性

名前 ： シルヴィア＝レンリル　　種族 ： 妖精族《エルフ》

性別 ： 女　　職種 ： 魔導師／錬金術師

レベル ： 87

年齢 ： 235

ステータス

体力……1026/1036　　敏捷……98

魔力……2017/2017　　精神……105

筋力……80　　器用……87

耐久……65

スキル

回復速度アップ（HP・MP）

回復量アップ（HP・MP）

魔力消費削減

火系統魔法

水系統魔法

地系統魔法

雷系統魔法

錬金魔法

杖術

固有スキル

精霊の加護

称号

紫銀の弟子

（レベル87っ⁉　……それに、エルフって）

ツグナは「人間以外の種族」がこの世界にいることはあらかじめ知っていた。けれども知識として知っているのと実際に目にするのとでは大きな違いがある。元の世界、地球で生活していた頃に、マンガやアニメを通して見ていたエルフの姿と、目の前にいる彼女を比べて、ツグナは内心感動していた。「やっぱ人間の想像力ってすげえなぁ……」などと場違いな感想も漏らす。

スキルを通じて垣間見た、この女性のステータスにも驚いた。彼女の持つ桁違いのレベルと力に、「完全に勝てない」と即座に判断したものの、「あのぅ、そのぅ……」と未だに慌てている彼女の様子に笑みを浮かべる。

「落ち着いてくださいって。別に何もしないから」

「えっ、あぁ……はぃ」

ツグナの指摘に思わず「くぎゅぅ」と顔を赤らめてしまう女性に、ツグナは「なんだか面白い人だな」と評価を下す。

（これじゃあ完全に立場があべこべだろ）

あわあわと取り乱す大人に、優しく話しかける子供という光景は、他人が見れば噴き出してしまうはずだ。

こうした状況は年長者であるエルフの彼女にとっては受け入れがたいのか、少しばかり煮え切らない表情を浮かべてはいたが。

「それで、改めて聞きますけど……どうしてこんなところに？」

「それはこっちが聞きたいことよ。ここは『魔の森』。あなたのような子供がおいそれとは立ち入れない場所なのは分かっているでしょう？　親御さんはどうしたの？」

質問に質問で返されてしまったが、女性の言うことは正論であった。ツグナは転生してきたとはいえ、見た目は幼い子供で、まだまだ親のもとにいるべき年齢だ。その点で言えばツグナの行動は常識から外れているものだった。

「う～ん。でも、別に誰かの許可がないと入れないワケじゃないし。ここには自分を強くするためにね……俺は親に捨てられたから」

「えっ……!?」

女性の顔にサッと影が走る。相手の「触れて欲しくないこと」を不用意にも訊いてしまったことに哀しげな表情で「ご、ごめんなさい……」と小さく呟く。

「まぁ、気にしないで。捨てられたって言っても、半ば自分から飛び出したとも言えるから」

苦笑を浮かべながら頬を掻くツグナ。他人から見ればおよそ子供らしくない冷静な考えにむしろ、対する女性の方が逆に子供のように見えてしまう。

「それに、コイツもいるから」

そう言いつつ、ツグナはリルの頭を撫でた。横に立つ銀の狼は「もっと構ってくれ」と言いたげに、尻尾を揺らす。

「そ、その狼って……？　私も見たことがないけど？」

「それは――そうでしょうね……だって、俺が『創った』から」

「へっ？」

イマイチ呑み込めていない女性に、ツグナは笑って告げる。

「――《創造召喚魔法》。それが俺が使える唯一の『魔法』だからね」

ツグナがそう静かに告げた数瞬後、森の中には悲鳴にも似た女性の絶叫がこだました。

「すごいじゃない！　ユニーク魔法はとても稀少で貴重な存在なのよ！」

先ほどの慌てた様子から一変し、女性は目をキラキラさせて興奮していた。勢いよく捲《まく》し立てるその様子に、ツグナはただ「は、はぁ……そうなのかな」と歯切れの悪い答えを返すしかない。

「あっ！　ごめんね。名乗るのを忘れてたね……私の名前はシルヴィア＝レンリル。気兼ねなくシルヴィと呼んでね」

「俺の名前はツグナ＝サエキ……です」

「ツグナ、ね。こちらこそよろしくね」

そんな挨拶を交わしつつ、二人は今魔の森の外縁部から奥へと進んでいく。というのも、シルヴイが「是非私の師匠に会ってもらいたい！」とツグナに懇願したからだ。

「この森に住んでるの？」

「そう。私と師匠の二人で、この森の生き物や魔獣の生態系を調査したり、薬草の効果を調べたりしてるの。まぁ、私の師匠はもともと魔法の研究が主だったらしいけど、『ついで』に始めた魔獣の研究の方にのめり込んじゃったらしくって……」

「それって『ついで』で片付けるものでもないだろうに」

冷静に突っ込むツグナに、シルヴィも「そうだよね」と苦笑を浮かべていた。


「……さて、と。着いたよ。あそこが私と師匠が住む家」

シルヴィに案内されて森の中を進むと、ほどなく陽の射す開けた場所へと出た。ツグナがシルヴィの指さした方へと目を向けると、ログハウスのような一軒家が見えた。

「シルヴィ、ただいま戻りました～」

「あぁ、はいはい、お疲れ……ってあれ？」

ドアを開けて中に入ると、入ってすぐのところにある階段を誰かが下りてくる。ツグナは気だるげな声を上げたその家主を見て――倒れた。なぜなら……

「ぎゃあぁぁぁ！　師匠っ！　ちゃんと服を着てくださいっていつも言ってるでしょ！」

二人を出迎えたのは、上下黒の下着のみを身につけた美しい女性だったのだから。

「うぅ～……ん……」

「わあぁああぁぁぁ！　ツグナが倒れちゃったよおおぉぉぉ！　どーしよどーしよ！」

「うん？　どうしたんだ？」

ポリポリと頭を掻き、くふぁと欠伸《あくび》をしながら訊ねる家主の女性。銀の髪を揺らす彼女は、同性のシルヴィでさえも目を奪われてしまうほどのプロポーションの持ち主だ。

そんな彼女が黒の、しかもレース付きのセクシーな下着姿でやってきたとあっては、世の男性ならば何らかの反応を示してしまうのも致し方ないだろう。

加えてシルヴィは知らないことだが、精神年齢二十歳を超えているツグナながら、これまで女性との接点があまりなかった。彼にとってこの所業は耐えがたいものであったのだ。

彼女を視界に入れた途端、ツグナの顔はみるみる赤く染まり、頭はぐつぐつと煮え滾《たぎ》るほどに熱を帯び――挙句の果てには鼻から赤い血潮を噴いて、倒れたのだった。

第9話　自分の価値

「つたくもぅ！　……師匠はほんと研究以外はダメですね」

「うるさい。だいたいお前が誰かをこの家に招くなんて予想できなかったんだから、仕方ないだろ」

「……仕方ないにしても、もう少し私生活自体をマトモにした方がいいですよ」

弟子に諭される師匠というこの構図は、どこかほのぼのとした雰囲気を誘う。

あの衝撃的とも言える出会いの後、目を覚ましたツグナは、二人と共にテーブルを囲んでいた。

目の前に広がる見事な料理の数々は、あの地下室で食べていたものよりも数段魅力的なものに見えた。貴族という高位階層《ハイ・ソサイエティー》の食事には、ここにあるものの数倍の値段が付く食材が使われていたはずだ。けれども、ツグナには目の前にある料理の方が素晴らしいとさえ感じる。

（まっ、これが愛情ってことかね）

何の気なしに都合のいいところだけを抜き出して評価する自分に、思わず苦笑したくなったツグナだったが、「まずは色気より食い気」とばかりに手当たり次第に料理を胃の中へと収めていく。

「はいはい、分かったよ……それで？　この子は？」

このままでは負けだと悟ったのか話を強引に切り上げ、話題をツグナへと転換したのは、シルヴィに「師匠」と呼ばれている女性の方であった。肩のところで切り揃えた銀色の髪に、紫の瞳。緩い曲線を描く頬の輪郭は扇情的《せんじょうてき》でさえある。

「彼はツグナ。ユニーク魔法の使い手ですよ」

「はっ！　おいおい、シルヴィ。冗談もほどほどにしておけよ？　こんな子供がユニーク魔法の使い手だって？」

シルヴィの言葉を師匠は鼻で笑い、「こんなガキが？」とでも言いたげに、紫の瞳と細い指先をツグナに向ける。その瞳の奥には、はっきりと疑念と警戒の色が見て取れた。

その態度に少しばかりイラッとしたツグナは、齧《かじ》っていたパンを呑み込むと、おもむろに左腕から《クトゥルー》を取り出し、傍で眠っていたリルを本の中へと戻す。

戻される瞬間、リルが少しばかりムッとした表情を浮かべたように感じたツグナだったが「まぁ後で構ってやろう」と気を取り直した。

「これで信じられたか？」

「……」

涼しい顔でそう告げたツグナが、少しばかりスッキリした面持ちで視線を戻すと――

「な……なっ、なんだそれはあああぁぁぁ！」

「うをっ！」

彼の目の前には、絶句し口を開けたまま固まる女性と、未知の魔法に歓喜し身を震わせる女性の二人がいた。

◆◇◆◇◆

「さっきは悪かったな。改めて自己紹介しよう。私の名はリリアンヌ＝クリストヴァルだ。リリアでいい」

「ツグナ＝サエキ……です。よろしく」

ツグナはリリアから伸ばされた手を握りながら、シルヴィに出会った時と同様、こっそりと視線を集中させる。「異界の鑑定眼」によって表示された情報に、ツグナは表情には出さずとも驚いていた。

属性

名前　：　リリアンヌ＝クリストヴァル　　種族　：　半妖精族《ハーフエルフ》

性別　：　女　　職種　：　魔法剣士／錬金術師

レベル　：　143

年齢　：　152

ステータス

体力……5132/5132
魔力……5243/5243
筋力……472
耐久……431
敏捷……463
精神……500
器用……493

スキル

回復速度アップ（HP・MP）
回復量アップ（HP・MP）
火系統魔法
風系統魔法
水系統魔法
錬金魔法
魔力消費削減
剣術
弓術
魔闘技
調薬
解析

固有スキル

精霊の加護
精霊眼

称号

紫銀《しぎん》の魔導師
千塵一夜《せんじんいちや》
鉄血劫火《てっけつごうか》

(とんでもないな……これは……)

危うく噴き出しそうになるのをどうにかこらえ、ツグナはリリアの手を放した。

「それにしても、ユニークとはな……ツグナはどこからここへ?」

「レバンティリア神聖国からだね」

「っ! ……そうか」

ツグナの発言に一瞬だけ反応を示したリリアは、辛そうな表情でそれだけ告げると、忘れるように首を横に振った。

「あの国では生き辛かっただろうに。生まれ持ったものはどう足掻《あが》いたところで変わるわけではないというのにな」

「まったくだね。でも気にしないで……しっかりと灸《きゅう》は据えてきたし」

「ほぅ」

リリアの含むところを理解したのか、ツグナは人の悪い笑みを浮かべながら答えを返す。つられるように、リリアも「なるほどな」と同じく黒い笑みを浮かべた。

ただ一人、シルヴィだけは二人の話の裏を読めずにキョロキョロと見ているだけだった。

「なるほどな……その本に描いたものを呼び出し使役する魔法、か」

「す、凄い……」

リリアは《クトゥルー》を見ながら、シルヴィはツグナを見ながら、それぞれ声を漏らす。感嘆する二人の声を聞きつつ、ツグナはそれに構わず自身の魔法について説明を続けていた。

（まっ、俺もこれを使い始めてそんなに長いわけじゃないから、偉そうなことは言えないけどな）

事実、ツグナの有する魔書――《クトゥルー》の中に描けたものは、まだリルのみだ。この魔法に目覚めてまだ時間が経っていないとはいえ、成功例が少な過ぎる。その原因について、彼の中にはある確信があった。

（おそらく、あの神様が言っていた「制限」ってやつが関係しているんだろうな……）

このツグナの推測は的中していた。あの邂逅《かいこう》の一幕でディエヴスが告げたように、この魔法を使用するには隠された制限が存在する。

第一に使用する魔力が多いことだ。通常、魔法はその効果を外界に顕現させるのに必要なだけの魔力をコストとして払う。だが、この魔法には使役する従者を「創造」し「召喚」する際に魔力を差し出さなければならない。つまり、魔力を払うタイミングが二つ存在することになる。

第二に、魔書に描く従者を創造する際には、細かな「イメージ」が求められることだ。生物が環境に適応する形で進化を遂げるように、姿や形態を選択する背景には相応の理由がある。例えば素早く動き回れるように、足の筋肉が発達したといった具合だ。求められる環境、動き方、特性――そうした具体的なイメージが頭になければ、創造することは叶わない。

(まったく。制限を「自分で見つけろ」とは……ホント不親切な神様だよ)

心の中でひっそりと悪態をつきつつも、ツグナは話を続けた。

「ただし、制限も多いのが難点だ。使用する際に必要なMPも多いし、そもそもイメージが具体的に固まらないと描けない」

あの地下室でツグナは《創造召喚魔法》に目覚めた。魔書《クトゥルー》に最初に描いたのは銀の狼――「リル」だ。

魔力を込めた筆先によって自分のイメージがそのまま投影されるように描かれていく様子には感動すらしたが、それと同じく頭の中から「何か」が流れていくような感覚があった。

(あの時は……リルの姿、特徴、使用できる魔法の種類、ステータスの伸びる傾向などを具体的に思い描きながら、そのイメージを転写するように手を動かした。新しいものを生み出すのに強烈なイメージが必要なら、集中できる場所と時間が求められる……ということか?)

そんな仮説を考えながら、視線を目の前の魔書へと戻す。結論から言えばこの推測は正解なのだが、ツグナが確証を得るにはいましばらくの時間を要した。

本の周囲には黒いオーラが燃えるように纏わりついていたが、初めて手に取った時よりかは落ち着いている。

「ユニーク魔法なら、それぐらいの制限は当然あるだろうな」

リリアが漏らしたこの意見に、シルヴィも首を縦に振って賛同を示す。師の発言を補足するように、彼女の口が開いた。

「そうですね。というより、制限がなければおかしいとも言えますし」

「まぁ、そうかもな。けれど、俺はそれ以外の魔法は使えないんだよ。いくらユニーク魔法って言っても、クセが強くて燃費が悪い。この魔法ってただ単に珍しいっていう程度だろうな」

「……はっ？」

「――えっ？」

「うん？」

ポカンと呆けた顔を向けるリリアとシルヴィに、ツグナが何かマズったか、と思った途端――

「お前は……自分の価値というものを分かっていないようだな」

リリアがため息とともに吐き出した言葉を聞き、ツグナは「自分の価値」という表現を訝しむような目になった。

「なんだよ、単に固有スキルの一つなんだしさ。《創造召喚魔法《コレ》》はあくまで固有スキルの一つだ。それがユニーク魔法だった、っていうものでしかないだろ？」

「固有スキルなら確かに『珍しい』ぐらいだと言えるだろう。だが、お前の『魔法』とはワケが違うんだ」

リリアの発言に、シルヴィも追従するように幾度も頷く。

「ツグナ。このイグリア大陸で《ユニーク魔法》を持っているのは何人だと思う？」

不意にリリアから投げられた質問に、ツグナは少し考えてから「三百人ぐらいか？」と答える。固有スキルという存在と、魔法が実在する世界。両者を踏まえ、ツグナが思う「ちょっと珍しい魔法」とはそんな程度では……との予想がこの数字だ。

「四人だ」

「へっ？」

「――だから、お前を入れてこの大陸で《ユニーク魔法》を持っていると確認されたのは、たった四人しかいないんだ」

「うえええぇぇぇぇ！」

ツグナの絶叫に、シルヴィは「ホントに分かってなかったんだ……」と呆気にとられた表情を浮かべた。

「はぁ……まぁユニーク魔法の価値を知らなかったのはまだいいだろう。私でなくとも誰かがその価値を教えただろうからな」

「えっ、あぁ……うん。そうかもね」

リリアの呆れを含んだ指摘に、ツグナは生返事をしつつ頷いた。

ユニーク魔法の価値がそれほどまでに高いのであれば、遅かれ早かれ誰かに認識を矯正させられただろう。

だが、ツグナとのやり取りの中で、リリアの中には一つの危機感が生まれていた。

「それは別に後々でも問題はない。私が問題としているのは、この森で一体この先どうするつもりだったんだということだ」

「へっ？　どうするつもりも何も、とりあえず一人この森でレベルを上げるつもりだけど？」

「はぁ？　お前、その状態で自分一人で生きようとしていたのか？　自分の持つ魔法の価値も分かっていないというのに？」

「うぐっ……そりゃあ《創造召喚魔法《コレ》》は凄いかもだけどさ、俺自身のレベルはまだ低いし」

「だったらさっさと——って、そうか」

「へっ？　ちょっと師匠っ！　『そうか』って勝手に納得しないでくださいよ！」

なぜツグナが「一人で」という部分に拘《こだわ》っているのか。それに気付いたリリアは、まだ疑問符を浮かべているシルヴィに説明する。

「悪い悪い。ツグナの生まれた国、レバンティリア神聖国では、ある教えが広く浸透している。もともと魔法使いが多く存在したレバンティリアに、その教えは急速に広まった。曰く、『この世の神秘である魔法は七つの色に分けられる』というものだ。その中に、『黒』についての教えの記述がある。それによれば、『黒』とは『呪われた色』の象徴なんだよ」

「呪われた色って……」

「つまり、俺は『忌《い》むべき子供』ってワケ」

あっけらかんと話すツグナ。一方のシルヴィはギュッと眉根を寄せていた。

「大変だったろうに。これまで生きてこれたのは奇跡に近いぞ」

辛そうに顔を歪ませるリリアだったが、ツグナの方は苦笑を浮かべているだけだ。

「そんな大げさな。う～ん、でもまぁ俺が生まれたのはある貴族のトコだったからな。食事は残飯だったけれど、飢え死にすることはなかったし。屋敷の中だったから、寒さで凍えることもなかったよ」

「ほぅ、ちなみにどこの家だ？」

思わぬツグナの説明に、興味深げにリリアは訊ねた。

「レバンティリア神聖国のハイエル家さ」

「なっ！　レバンティリア神聖国のハイエル家だと？　国の一角を担う大貴族だぞ」

目を大きく見開いたリリアの反応を、ツグナは「面白いなぁ」と苦笑を浮かべながらただ眺める。

「ふ～ん、そうだったのか。でも地下室に閉じ込められてた俺には全く関係ない話だけどな」

「閉じ込められてたって？」

ショックから立ち直ったのか、シルヴィが恐る恐るツグナに訊ねる。

「物心ついた頃に屋敷の地下に放り込まれた。『今日からここがお前の家だ』みたいな？　あぁ、あとは息子の練習相手をさせられてた」

「練習相手？　あの家の長子は確か四系統持ちだったはずだが」

「だな。俺が魔法を使えなかったのをいいことに、散々な扱いさ。この本を見つけるまでは『魔法適性無し』って判定が出てたから、なおさらな」

「それは……そのようなものを持ってるとは想定されていないからそう判定されるのだろうが……そうした事情を抜きにしても酷い仕打ちだろう。自分の子供だろうに」

リリアはツグナに同情しているのか、顔を歪ませながら吐き出すように呟く。当のツグナは手をひらひらと振り「別に終わったことだし」と特に気に留めた様子もない。

「だからシルヴィも気に――って」

ツグナが彼女の方を振り向くと、そこには目にいっぱいの涙をためて「う、うぅ～」とこらえているシルヴィの姿があった。

「酷いですよ。辛いですよ。あんまりですよ……なんでこんな子供がそんな仕打ちを受けなきゃならないんですか？　まだまだ小さな子供なのに。自分の子供なのに……」

「えっ、いや。シルヴィ？　俺はもう別に――」

ツグナはなんとかなだめようとするが、シルヴィは服の袖で涙を拭うと、ガバッと椅子を倒して立ち上がる。

「決めました！　ツグナ、私たちと一緒に暮らしましょう！」

「へっ？」

「あらら……」

驚くツグナと苦笑を浮かべるリリア。対照的な表情の二人を視界に入れたシルヴィが、ぐっと拳を握って高らかに宣言する。

「ツグナは私が責任を持って育てます！」

どこか晴れ晴れとしたシルヴィの顔を見ると、ツグナは二の句が継げなかった。

「……どうしてこうなった」

ツグナががっくりと膝を突きたくなる衝動に耐えていると――

「彼女はああなったらテコでも動かないから……まっ、諦めるんだな」

そんなダメ押しとも言える宣告が紫銀の女性から放たれたのだった。


その夜。

「……なぁ」

「なにかな？」

明かりを消したツグナが用意されたベッドに潜り込むと、そこにはシルヴィが待ち構えていた。

「なんでこのベッドにいるんだ？」

当然とも言えるツグナの質問に、ほんの一瞬だけビクリと反応するシルヴィだが、すぐに真面目な顔で見つめ返す。

「だって、この家に来て初めての夜でしょ？　もしかしたら不安で眠れないんじゃないかなぁ～って思って」

「いや、もとから一人だし」

ツグナの冷めた反応に「むぅ……」と少しばかり頬を膨らませたシルヴィは、とって付けたような言い訳を並べていく。

「でもでもっ！　環境がガラッと変わったんだよ？　眠れないんじゃない？」

「ここはもといた場所より凄く快適だし」

「……ずっと一人だったから寂しくない？」

「問題ないし」

シルヴィからの指摘をソッコーで片付けていく容赦のない回答。ツグナは次第に飽きてきたのか、核心を突く質問を投げかける。

「で？　本当は？」

「本当は、私がツグナと一緒に寝たいのっ！」

そのあまりに直球すぎる返答に、ツグナが理由を訊ねると「ツグナを見て、話を聞いて、急に『守りたい』って思ったの！」と言い寄られてしまう。どうやらシルヴィの中に眠っていた母性が引き出されてしまったらしい。

端からは「羨《うらや》ま氏《し》ね」とでも言われそうな二人のやり取りである。美しい容姿を持つ彼女からの「お願い」とあらば、誰でも応えたくなるだろう。

だが――

「断る」

ツグナはそう言ってシルヴィを部屋から追い出し、鍵を掛けて眠りについた。

「次こそは絶対っ！」

そんなシルヴィの呟きを聞くこともなく。

翌朝、ようやく日が昇り始めた頃。

ツグナはログハウス調の家の前で木刀の素振りを行っていた。これはツグナの日課で、地下室にいた頃から変わらずに続けているものだった。

「……さん、びゃくっと……うっし、朝の素振り終わりっ！」

刀術の動作を丁寧に確認し終えたツグナは、タオルで汗を拭い、草の上にごろりと寝そべった。

朝のひんやりとした空気がほてった身体を撫でていく。その気持ちよさに身をゆだねていると、頭上から声がかかった。

「よぅ、朝から張り切ってるな」

ニヤリと笑みを浮かべてやって来たのはリリアだった。昨日のように下着姿でこそなかったものの、綺麗な銀の髪は寝ぐせでぼさぼさである。「もうちょっと何とかしたらどうだ？」と異性であるツグナも口に出しかけたが、そんなことは既にシルヴィあたりが言ってそうだなと思い直し、指摘するのをやめた。

「それがツグナの武器か？」

リリアがツグナの横に転がっている木刀を指差しながら訊ねる。

「まぁね。いつも起きたら木刀《コレ》を振ってる。もうすっかり習慣だな」

「ちょっと見せてくれるか？」

「別にいいけど……」

立ち上がったツグナは足元の木刀を拾い上げると、近づいてきたリリアに手渡した。

ハイエル家にあった木剣を拝借し、ナイフで削り出した木刀は、不格好な素人仕事だ。

けれども、ツグナにとっては長年刀術を鍛えるために連れそった相棒のようなものでもある。その柄はわずかにすり減っていて、ツグナの研鑽《けんさん》が窺い知れる。

「よく使い込んでるな」

「地下室にいた時からずっとコレを使ってるからな」

「これが鍛練用で、昨日腰に差していたのが武器か？」

「そうそう」

さすが目ざといな、と内心思いつつ肯定するツグナ。木刀と同様にリリアが「見せてくれないか？」と頼んできたので、アイテムボックスから刀を取り出す。

ツグナの持つこのスキルはとても便利なもので、好きな時に物を出し入れでき、また入れた時と同じ状態で取り出すことができる。つまり、このアイテムボックスに格納した物は時間経過による損壊や腐敗が発生しない。

「アイテムボックスのスキルも持っていたのか……」

取り出した際、リリアの口からぽろりとそんな言葉が聞こえてきた。ツグナは首を傾げながら訝しげな表情を浮かべる。

「別に珍しくはないだろ？」

その表情を見たリリアは、少しばかりため息をついた。

「珍しいとは言わないが、誰かに見られれば面倒なことになりそうだと付け加えておくぐらいだな」

「……善処します」

ユニーク魔法の一件に続き、またしても「しまった」と苦笑いを浮かべながら、ツグナは刀をリリアに手渡した。

「抜いてみても？」

「どうぞ」

確認をとり、リリアが鯉口《こいくち》を切る。そのまま静かに抜刀すると、朝の陽を浴びながら輝く刀身と浮かび上がる刃紋が見る者を魅了する。

「これが刀か……うむ、やはりいいものだな」

「『やはり』って、リリアは刀を見たことがあるのか？」

「あぁ、前に一度だけな。ユスティリア王国のある鍛冶屋のジジイが『どうだ！　凄えだろ！』と自慢げに見せてきたんだ」

「へぇ……刀ってやっぱり、主武器として扱うものとしては相応しくないのか？」

ツグナが湧いて出た疑問を口にすると、リリアは首を横に振って答える。

「いや、ツグナにとっては正しいと思うぞ。理由はいくつか挙げられるが、刀を持つ最大の長所は腕力に頼らずとも斬ることができる点だ。ツグナはまだ幼く小柄な体格だからな。剣だとその性質上、ある程度の腕力が必要となるが、刀ならば腕力に依存する要素は小さい。それに、珍しいとは言ってもそれは『刀』自体があまり流通していないからだ。先ほど言ったユスティリア王国では、少ないながらも刀を主武器とする者はいる」

「なるほど」

ツグナは「剣」が主流のこの世界では、刀を主武器として扱うのは難しいのではないかとも考えていた。ハイエル家の武器庫にあった武器のほとんどが剣であり、槌やメイス、槍等の武器もいくつかあったが、刀はこの一本しかなかった。

（まぁおそらく『物珍しい』っていう一点で武器庫の中にあったんだろうな……とにかく、これで刀についての問題はクリアか）

ハイエル家の住人の性格から、そう読んではいた。だが、もし『刀』を打てる人物がいないということになれば、これから先、刀を新調する際に困ることになる。

この際剣術に乗り換えようかとも考えていたツグナにとって、このリリアの発言は朗報だった。

「ふむ……ツグナの鍛練とこの刀を見ていたら、何だか久々に私も身体を動かしたくなったな」

「うえっ？」

「丁度いい。この後、私と模擬戦をすることとしよう」

ニヤニヤと意地の悪い笑みを浮かべるリリア。その顔を見ているだけでツグナの背に冷や汗が流れる。

「そうだな。あの狼とも戦ってみたいところだし……二対一でやるか」

ツグナの目の前で、リリアとの模擬戦の内容が勝手に決められていく。ツグナの承諾なしにサクサク進めていくリリアに、ツグナは「御手柔らかに」と呟くのが精一杯の抵抗だった。

第10話　「家族」

「もぅ勘弁してくれ……」

木刀を杖代わりにしてツグナは立ち上がった。ちらりと横を見れば、ぐったりと五体を投げ出して転がっているリルの姿がある。

「なんだ、情けないな。ユニーク魔法を使ってもその程度か？」

そして目の前には、涼しい顔で仁王立ちを決めるリリア。

（一体何の罰ゲームだよ、ったく……！）

苦い顔をしながら、内心毒づく。いくらツグナがユニーク魔法の使い手でも、リリアとはレベルが三ケタも離れているのだ。

ツグナが愚痴をこぼしたくなるのもむべなるかなである。

「私も少しばかり身体を動かせてよかったな……それにしても、ツグナ。なんで『魔闘技《まとうぎ》』を使わないんだ？」

「魔闘技って……？」

初めて聞くその言葉に、ツグナは荒い息を整えながら問いかける。

「知らないのか？　剣を振るうのならば必須の技術だぞ？」

「そうなの!?」

必須の技術と聞いて、ツグナは目を見開いて訊ねた。

「ツグナ、魔闘技を使わなければこの先生きていけないぞ。よければ教えるか？」

「お願いしますっ！」

願ってもない申し出に、ツグナは一も二もなく頷いた。リリアも素直な姿勢に気をよくしたのか
「うむ、任せておけ」とニカッと微笑んだ。

「加えて、魔法に関する知識も必要だろうな」

「えっ、魔法？　魔法に関しては本で読んだけど？」

「だが、実戦の際に何が有効か、身をもって覚えておいて損はないだろうさ。それに、対人戦と対魔獣戦では魔法の有効性や対処法も異なるしな」

「確かに……本では『魔法の種類と効果』がメインだったな。魔法についての実践書はごく基本的なことしか載ってなかったし」

リリアの指摘に、ツグナは「痛いところを突かれた」という思いを抱くと同時に「伊達に経験積んでないなぁ」と舌を巻いた。今の戦いを振り返ってみても、リリアの放つ魔法に手こずったという印象は強く残っていた。模擬戦の動きを見ただけで相手の長所と短所、補うべき部分を的確に分析するリリアの技量は途方もない。

(う～ん。成り行きで厄介になっちゃってるけど、これはこれでアリなのかもしれないな)

複雑ではあるものの、ツグナはそんな考えを巡らせていた。思い描いていた当初の予定からは、だいぶかけ離れた現状ではある。けれども、今ではこちらの方がよかったとも思っていた。

(やっぱ、教えてくれる人がいるっていうのはデカイな)

頭を掻きながら問題を整理する。課題は多く、未熟さはまだ抜けない。

(でも、やるべきことがあるっていうのはいいよな)

地下室でただ漫然と知識を貪っていたあの頃とは違う。教えてくれる存在がいる。自分と対等に話し、慰め、諭し、導いてくれる人がいる。そんなとりとめもないことを考えているうちに、ツグナの顔に笑みが浮かんだ。

「ったく嬉しそうに笑いおって……これからが大変だというのに」

「はいはい。分かってるよ、リリア『先生』」

「むっ……なんだか気恥ずかしいな」

「それは、教えてくれる人には敬意を払うものかなって」

「まぁ、確かにそうかもしれん……しかし、面と向かってそう言われるのはやはり気恥ずかしいものがあるな」

歯切れの悪いリリアの言葉に、二人して笑い声を上げる。そんなところへ、朝食のふわりとしたいい匂いが流れてきた。

◆◇◆◇◆

「では、これから魔闘技について教える」

「うっす！」

朝食を挟んで少しばかり休憩したのち、ツグナとリリアは表へ出た。約束通り、これからしばらくの間、リリアがツグナに魔闘技を使用した戦闘方法を教えるのだ。

これは、同系統の剣術スキルを持つリリアが適任だろうとの判断からだ。魔法知識の方はシルヴイが主担当となって教えることになっている。

「始める前に確認だ。ツグナは通常の『魔法』は使えないんだったな？」

「まぁね」

「しかし、ユニーク魔法は使える。魔書に描いたものを呼び出し、使役するんだったな？」

「そうだけど？　それが？」

「魔書に描く際、魔力はどうしていた？」

要領を得ないリリアの質問に首を傾げつつ、ツグナは答える。

「どうって言われても……身体の中にある魔力を指先まで持っていって、描いてるっていう感じかな」

「ふむ。ということは、魔力を感じること、魔力を体内で操作すること、この二つはできているということだな」

「言われればそうだな。今はほとんど意識してないけど」

これは自転車に乗る感覚と似たようなものだった。練習を重ねることで身体に感覚を刻み込む。身体に染みついた動作は無意識であっても正常に行われ、目的を達成できる。

「それができるなら話は早い」

「どういうこと？」

思わせぶりなリリアのセリフに、ツグナは首を傾げた。

「魔闘技は、言ってしまえば身体の中にある魔力を使い、身体能力を向上させる技法だ。通常の者は、魔力を身体に纏わせるだけの、いわば『垂れ流し状態』だ。だが、魔力を操作し循環させることができれば、当然魔力の消費を減らすことができる」

「なるほど……ってあれ？　それって魔法を使うのと同じじゃないのか？」

ツグナの疑問は、つまり魔闘技が魔力を使用し、効果を発するための技法ならば、魔力を使用して効果を生む魔法も同じではないか、ということだ。

「厳密には違うな。魔法も魔力を使用する点は同じだが、魔力操作は行わない。詠唱で、必要な魔力を『切り離す』というニュアンスに近い。加えて、魔法は外界に望むものを顕現させる。一方でこの技は自身の中に魔力を通し、各種能力値を底上げするものだ。使用しても魔力の総量が変化しない点も相違点の一つだな。詳しくはまた後でだ」

「うぃ、了解」

リリアの分かりやすい説明に、ツグナも素直に話の続きを待つ。

「それで、魔法は発動すればその分だけ魔力を消費する。しかし、魔闘技は基本的には身体に『纏う』だけだ。魔力消費を少なくすることができれば、その分効果は持続できるのが特徴だな」

「どれだけ長く、また魔力消費量を減らせるかが腕の見せ所ってこと？」

魔闘技に関する知識をすんなりと理解したツグナに、リリアは笑い声を上げた。

「あぁ、そうだ。ただ、ツグナの場合は意識的に魔力を操作していた節があるからな。ただ纏うだけではなく循環させるイメージを常に、そして最速でできるように訓練する」

「戦闘中も循環のイメージを持つって結構ハードじゃ……」

「だから訓練するんだろ？」

リリアの笑いは、意図したことに気付いたのが嬉しかったのか、はたまたこれから起こす惨劇に喜びを感じるのか。

それからツグナは、心身がボロボロになるまでリリアに攻め込まれる羽目となった。

◆◇◆◇◆

太陽が中天に差しかかった頃に昼食をとり、今度はシルヴィが担当する「魔法講義」が開講される。

「……で？　何、そのカッコ」

「えっ？　だって私が教えるんでしょ？　どこか変？」

「いや、いいんだけどさ……」

リビングのテーブルを机に、大きなボードを持ち込んでの講義である。ツグナの目の前には先生たるシルヴィが立っているのだが――

「なんで眼鏡かけてんの？」

「まずは形からでしょ！」

くいっと黒縁の（伊達）眼鏡を上げたシルヴィが、気合十分といった感じの笑みを貼り付かせ、教鞭を振る。

（何を言ってもムダか……）

どこか悟ったかのような平静さを湛《たた》えた表情で、目の前の「先生」を見つめるツグナ。先生の格好がどうであれ、魔法の知識は生きていく上では必要だと思い直して、姿勢を正した。

「では、始めましょう。まず、魔法には何が必要だと思いますか？」

「何って……そりゃあ魔力だろ？」

「半分正解です。けど、それだけじゃあ不十分ですね」

どこかしてやったり☆という顔つきのシルヴィにムッとするツグナだが、ぐっと我慢して先を促す。

「魔法を使用するには、術者が持つ『魔力』と『魔法発動体』という道具が必要です」

「魔法発動体……？　それって杖とかそういうものってこと？」

「察しがいいですね。ただ、杖に限らず指輪や腕輪もあり、その形態は様々ですが必ずなければなりません。ツグナのユニーク魔法――《創造召喚魔法》にも、魔法発動体はありますよ」

「俺にもあるって？　もしかして……《クトゥルー》のこと？」

ツグナの呟きに、シルヴィはこくりと頷いた。

ツグナは改めて左腕から魔書《クトゥルー》を取り出して、表紙を撫でる。漆黒の表紙に銀の装飾が施されたこの本は、確かに《創造召喚魔法》を使用する際に必ず使用する。

「魔法を発動する際、術者がすることは『必要量の魔力量を確保し、切り離すこと』だけです。その後、切り離された魔力は魔法発動体に集積され、術者の『詠唱』をキーにして発動……というわけです。ただ、この魔法発動体がなくても魔法は発動できます」

「無くてもいいのか……だったらなんでわざわざ？」

ツグナの疑問も予想していたのか、シルヴィは「それはですね」と講義を進めていく。

「魔法発動体の有無によって、魔法の威力に差が生まれるからですよ。ツグナは火系統や風系統などの魔法は使えないので知らないでしょうが、魔法発動体には一般的に『マナフィル結晶』と呼ばれる鉱石が使われていることが多いです。この結晶は『魔力を集積する』という性質があり、魔力発動体と相性がいいわけですね」

「なるほど。術者の切り離した魔力を効率よく集積できれば……同じ魔法でも威力が上がるのは道理か」

「その通り。ただし、その純度によって効率性は若干異なりますね。当然、純度が高ければ、集積する効率は上がります。また、『マナフィル結晶』とは別の石を用いたものもあり、こちらは――」

シルヴィの説明を聞きながら、ツグナは幾度か頷いて講義内容を頭に叩き込んでいった。もともとツグナ自身、興味があったジャンルのため、理解スピードは速くなったのであった。

付け加えるならば、ツグナの持つ魔書《クトゥルー》は魔法発動体であると同時に、魔法道具でもある。魔導は魔法道具を使用し、効果を顕現させる。魔法道具である魔書《クトゥルー》自体に魔力が込められており（ツグナは気付かないだろうが）、ツグナの魔力を一種の鍵とすることで本来の役割を果たすのだ。

対して、魔法発動体はそれ自体に魔力が宿っているということはない。あくまでも流れ込む魔力を集積するのみであり、実際の発動は術者の「詠唱」をキーにしている。

魔法と魔導にはこうした微妙な差異があるものの、通常は意識されないため（そもそも魔導など見たことがない人間が多いため）詳細な検証はされてこなかったという背景もある。

「うん？　術者がするのは魔力を切り離すことだけ？　それって、つまり魔力の操作はしないってこと？」

「そうですね。必要魔力の集積と魔法の発動については、『魔力発動体』にプロセスが組み込まれています。ですので、魔術師は一般的に魔力の直接操作はしないんですよ」

「俺はしたけど？」

自分との差異にきょとんとしているツグナを見て、シルヴィはくすくすと笑った。

「ツグナはあくまで例外なんですよ。ツグナの場合、『事前に魔書に召喚するものを描かなければならない』という制限がありますよね？　しかも魔力を込めた状態で——つまり、ツグナの魔法には魔力の直接操作というプロセスが別途必要ということなんです。まぁユニーク魔法ですから、例外なのは当たり前かもしれませんけど」

「な、なるほど……」

ツグナは《クトゥルー》を戻しながら、改めて自分が「異質」な存在なんだと認識した。

自分は普通の「魔法」が使えない。だから、魔法を使う感覚がよく分からない。

自分は特別な「魔法」が使える。だから、魔力の直接操作ができた。

「俺ってやっぱり『異常』なのかな……」

ふと呟いたツグナのひと言。だが——

「「そんなことはない！」」

ハモるようなシルヴィとリリアの大声が部屋に響いた。

「へっ……？」

「ツグナ。お前は確かに一般的な魔法は使えないかもしれない……だが、そんな欠点など歯牙《しが》にかける必要もないほど強力で特別な魔法がある」

「そうです！　ツグナにはいっぱい、い～っぱい魅力的なものがあります！」

真面目な顔でキチンと諭してくれるシルヴィとリリア。二人は最初からツグナを邪険には扱わなかった。あの家にいた人間のように「呪われた子だ」とレッテルを貼ることはしなかった。

だからこそか——

（あぁ……たぶん俺は——これが欲しかったのかもな）

ツグナの頭にふと浮かんだ一つの言葉。

――家族。

この日、この時、この瞬間。

自分はこの世界に生まれた――そう思えたツグナだった。

「……りがと」

俯いたまま気恥ずかしそうにこぼした言葉。嘲笑され、侮蔑されてきたツグナにこれほどまでに真っ直ぐな愛情を向ける人はいなかった。そんな彼女たちの愛情に応えようと、その言葉は自然と口を突いて出ていた。

「～～～～っ！　きゃあああぁぁぁ！　かわゆぃ！」

「ははっ。恥ずかしがるな、このガキんちょめ」

「うぎゃあぁぁ！」

理性のタガが外れたのか、講義を放り出して抱きついてくるシルヴィとリリアに挟まれ、ツグナはなすがままとなる。その鼻を、女性特有の柔らかく優しい匂いがくすぐる。

そして
（ちょっ、マジで勘弁だって！）

「ちょ、うぷっ」

もみくちゃにされる中、二人から押し付けられる柔らかな感触に――

（あっ、やばっ――）

最初の時から三日と経たず、ツグナは再び血を噴き出した。

第11話　スキルのレベル

ツグナが「魔の森」、正確には「カリギュア大森林」と呼ばれる区域に来てから、五年ほどの歳月が流れた。その間、ツグナは一緒に住んでいるリリアとシルヴィから様々なことを学び、シゴかれ、傍から見れば「羨ましいだろ！」という思いも何度も経験してきた。

まぁ、比重としてはボロボロになることの方が多かったのだが。

「せいっ！」

「ウボアアアアァァ！」

ツグナは両手に持つ二振りの短剣を駆使し、流れるような動作で対峙する敵に一撃を浴びせる。

向かい合う相手は、時折怒りの混じった吠え声で空気を震わせた。ちなみに、ツグナが持っているこの短剣は「先生」であるリリアから貰ったものだ。「副武器《サブウエポン》の一つでもあった方がいいだろう」ということで貰ったこれは、リリア曰く由緒ある一品らしいが、詳しいことは聞いていない。なんとなく「聞いたらマズい」という危機感が働いたためである。

そうしたある種「曰く付き」の短剣を構えたツグナの前で、赤い体毛に覆われ、緑色の目を持つ魔獣――「ワイルドドレッドボア」が上下に生えた鋭い牙をちらつかせている。鑑定眼のスキルを通して見たモンスターのレベルは24、ランクはC+。中級程度の冒険者がパーティを組めばなんとか勝てるだろうという見込みが立つという、難しい相手である。しかしそれほどに強敵な相手であっても、ツグナは怯えすらしない。むしろ積極的に自分から接近戦を持ちかけ、確実に一撃ずつ叩き込んでいた。

ツグナは息も乱していないが、ワイルドドレッドボアは所々に深い傷を負い、牙も一本へし折られていた。言うまでもなく、ツグナの所業である。

「よっ、ほっ！　……リルっ！」

ツグナが敵に牽制を仕掛け、即座にバックステップで距離を空ける。

「任されたっ！　……蒼雷《そうらい》っ！」

ツグナの掛け声と同時に青白い三叉《みつまた》の槍が飛び、敵に突き刺さる。

青白いスパークと高熱が周囲にばら撒《ま》かれ、ボアは絶命した。

「うっし、お疲れ～」

「うむ。それほど苦戦はしなかったな。我と主の連携は完璧だな♪」

嬉しそうに額を寄せてくる銀の狼――リルの頭と顎を撫でつつ、ツグナは倒れた敵の解体に向かった。

その時、システム音がツグナの頭に響いたので、先に「ステータス」をチェックする。

The Black Create Summoner

属性

名前 ： ツグナ＝サエキ
種族 ： 人族
性別 ： 男
職種 ： なし
レベル ： 27
年齢 ： 12

ステータス

体力……………………1423/1472
魔力……………………1580/1630
筋力……………………120
耐久……………………117
敏捷……………………123
精神……………………127
器用……………………118

スキル

異世界理解（言語・文字）
回復速度アップ（HP・MP）…… Lv.2
回復量アップ（HP・MP）…… Lv.2 UP↑
マップ（広域・詳細）…… Lv.3
魔力消費削減 …… Lv.2
スキル習得速度アップ…… Lv.2
魔闘技 …… Lv.3 UP↑
木工 …… Lv.3
料理 …… Lv.3
索敵 …… Lv.3
隠蔽 …… Lv.2
隠密 …… Lv.2
解体 …… Lv.2
刀術 …… Lv.3
［＋桜花一閃《おうかいっせん》］
［＋百花繚乱《ひゃっかりょうらん》］
［＋一閃万破《いっせんばんぱ》］
二刀短剣術 …… Lv.2
［＋乱れ斬り］
［＋徒花《あだばな》］
アイテムボックス（∞）
必要経験値1/20 …… Lv.2
［＋必要経験値1/20（レベル）］
［＋必要経験値1/20（スキル）］

固有スキル

異界の鑑定眼 …… Lv.2
［＋スキルレベル表示］
［＋原材料・必要スキル表示］
創造召喚魔法 …… Lv.3
［＋纏化］
［＋同時召喚］
［＋複数召喚］

称号

年上キラー
ユニーク使い
耐え抜く人（M体質）
鈍感野郎

ステータス画面を閉じ、ツグナは大きく伸びをする。それから短剣を腰の後ろに吊った鞘に仕舞い込み、代わりにアイテムボックスを呼び出して解体用のナイフを掴む。

この五年の間に、ツグナは大きな成長を遂げていた。まず目につくのはスキルの種類が増えたことだろう。

この世界において、スキルの取得は少々まどろっこしいとツグナは感じていた。「同様の作業を繰り返し、ある程度習熟した後に可能になる」という隠れた条件があるからだ。

具体的には、ツグナは日々の鍛錬に木刀を使用しているが、その木刀を幾度か製作し終えた時に「木工」のスキルが出現した。スキルを取得してからは、同じ木刀の製作であっても短い時間で作り終えることができている。

また料理スキルも同様で、こちらはシルヴィの手伝いとして始めたものだったが、当初はスキルが無いために失敗の連続であった。しかしながら、そうした失敗を繰り返した後にスキルが出現し、今も順調に伸びている。

「さて、と。とっととやっちゃいますか」

絶命したワイルドレッドボアに対して手短に合掌すると、ツグナは右手に持ったナイフの刃をその身体に立てた。

（まさか、スキルにもレベルがあるなんて思わなかったな……）

右手のナイフを動かしながら、ツグナはふとあることを思い起こしていた。

それは、ツグナの持つ固有スキル「異界の鑑定眼」がレベル2となった時のことである。

◆◇◆◇◆

リリアとシルヴィに教わり始めてから半月ほどたったある日。リリアから「そろそろ魔闘技を実戦を通して学んで来い」と言われた。ついでにシルヴィから「昼食の食材をよろしく」とも頼まれたため、魔の森を散策しに行った。
二、三回の戦闘を経た後、いつものようにシステム音が頭に響いた。ステータス画面を開き、何が変化しているのかと少しばかりわくわくしながら画面を追って行くと、「異界の鑑定眼」のスキルに見たことのない表示があった。
「スキルのアップって……」

少しばかり疑問に思いつつ、該当箇所をタップして表示させる。すると、いつもの効果説明欄に加えて新たに項目が二つほど追加されていた。

『異界の鑑定眼　レベル2解放：スキルレベル表示……取得したスキルの現在レベルを表示させる』

『異界の鑑定眼　レベル２解放：原材料・必要スキル表示……表示した加工品を作製するのに必要な原材料、および必要スキルを表示させる』

「スキルにもレベルってあったのか……？　これは後でリリアやシルヴィに訊いた方がいいかもな」

ツグナは早速、追加された項目を確認し終え、ステータスのトップ画面に戻ると、鑑定眼の効果によって、所持スキルの横にレベルが表記された。

「う～ん、ごちゃごちゃしてて見づらいな。ソートかけるか」

この世界では誰もが使用できる「ステータス」。これはただ単に自身の「状態」を表示するだけではなく、一種のメニューのような機能も組み込まれていた。例えば、「表示項目の追加・変更」や「項目順序の並べ替え」「スキルの簡易説明機能」などである。

周りに敵がいないことを確認したツグナは、傍にあった木に寄りかかるように座り込んだ。開きっぱなしのステータス画面の右上にある「項目順序変更」をタップし、表示されていたスキルを見やすく並び替える。

「う～ん……ホントにこの世界って何なんだ？　なんかマジでゲームっぽい」

ゲームで見慣れた「ステータス」に疑似「メニュー」機能。確かに操作はオンラインゲームとほぼ同じような感覚でできてしまうのだが、敵から攻撃されれば身体に傷を負うし、痛みも伴う。

「まぁ、ここで生きていくって決めたんだし……なるようにしかならない、か」

ステータスを閉じ、再び立ち上がったツグナは、もはや姉に近い二人の師匠に言われたことを成すべく、行動を再開した。


「はぁ？　スキルにレベルはあるかだと？」

夕食時、ツグナは好物であるシルヴィ特製煮込みシチューをぱくつきながら、昼間にステータス画面を通して見たスキルレベルについてリリアに訊ねた。

「どうしてそんなことを？」

「う～ん。体力や魔力、筋力や精神はレベルが上がればその分上昇するけど、スキルはどうなのかなって思ってさ」

リリアの返しに、ツグナはそう濁すだけにとどめておく。なぜなら、ここで「異界の鑑定眼」のスキルを説明すると、それはそれで面倒なことになりそうな予感があったからだ。視れば対象の詳細な情報が分かるというのは、魔法という次元を超えた「異能」に近いものがある。ユニーク魔法で驚嘆した彼女たちに、これ以上のショックを与えたらどうなるか、と思うとおいそれと気軽に話せないツグナであった。

「そうねぇ。確かにツグナの言った通り、体力や魔力、各種能力値はレベルが上がれば上昇しますけど……スキルに関してはあまり聞いたことがないね」

「ふむ、そうだな。ただ、レベルではないが、同じスキルを長い間使用していると新しく項目が増えるのはあるな」

「えっ？　あるの⁉」

リリアの発言に、ツグナは内心「それだ！」と直感した。新しく鑑定眼を通して知ることができるようになった「スキルレベル」。もし、それが自分の直感と同じものであれば……と期待しつつ耳を傾ける。

「私もまだ検証材料が十分そろっていないから何とも言えないがな……例えば、私は『剣術』のスキルを持っている」

「まぁそうだろうね。魔闘技の訓練じゃあ、いつも剣を持ってるし」

本当は出会った際に全て知っていたのだが、無用な追及を避けるために敢えてそう答える。

「うむ。その剣術スキルだが、スキルを取得し、自身のレベルを上げていくと新たに使用できる項目が増えるんだ」

「へぇ～。それは『剣術スキル』で使用できる『技』みたいな？」

ツグナはゲームにもそんな仕様のものがあったなぁ、などと思い返しながらリリアに訊ねる。それは「熟練度」や「派生技」などと呼ばれるもので、同じスキルを繰り返し使用すればするほど熟練度が増し、攻撃技が追加されていく……というようなものだ。

「察しがいいな。そう、この時追加される項目としては、剣術スキルで使用できる技——武技と呼ばれることもあるものだな」

「なるほどね」

「まぁ、他のスキルについて、全て同様か否か詳しいことは分からないがな」

「いや、ありがとう。参考になったよ」

（なるほど。スキルの項目が増えることに関しては珍しいことじゃない。だとすればおそらく……いや確実に、スキルレベルは熟練度を表していると見た方がよさそうだな。もしかしたら派生したスキルも取得できるかもしれないな）

ツグナはそう分析しつつ、二人に「助かった」とだけ言い残して部屋に戻った。


「しっかし、全てのスキルについてレベル表示が可能とか……ある意味チートだな。相手のスキルレベルが分かれば対策も立てやすいだろうし」

ベッドに潜りながらこぼした言葉。ツグナはこの日初めてできるようになった「スキルレベル表示」は多分今後も表示したままにするだろうなと思いながら目を閉じる。

（もしかして俺の持ってるスキルも……）

いつかは新しい技やスキルが得られるかもしれない……そんな期待に胸を膨らませつつ、ツグナは意識を暗闇の中へと放り込んだのだった。

第12話　試験とギルド

「ツグナ、ちゃんと持った？」

「持ったよ。ったく心配性だな」

扉の向こうから聞こえてきたシルヴィの不安げな声に、苦笑いを浮かべながらツグナはそう返す。日課の素振りを終え、部屋に戻った彼はいつもよりも入念に装備のチェックをしている。

（いよいよ、今日から……か）

少しばかり不安の入り混じった気持ちを晴らすかのような陽の光が、窓越しにツグナを照らす。

「思えば五年近くもここにいたのか……」

すっかり片づいた自分の部屋を軽く見回しながら、ツグナはここで過ごした日々への感慨にふけっていた。脳裏に浮かぶ数々の思い出は、きらきらと輝きを放っているようにも感じてならなかった。

「ツグナぁ～。師匠が呼んでるわよ」

階下からシルヴィが急かす声を聞き、ツグナの意識は現実に戻った。アイテムボックスを戻し、身支度の最終チェックをする。

「――行ってきます」

小さく呟いた声には誰からも返答はない。ただ、ここで過ごした自分が「行ってらっしゃい」と言ったように感じたツグナだった。

◆◇◆◇◆

「もうそろそろツグナも十二歳か」

昨晩、食後の休憩中だったツグナに、真向かいに座っていたリリアがそう呟いた。

「だね」

「丁度いい。ギルドで冒険者登録をするのに併せて、ここいらで試験でも課してみるか」

ニヤリと笑ったリリアに、「また面倒なことを考えているな……」と感じたツグナだったが、お茶を啜《すす》るだけで特に何も言わなかった。

これまでの付き合いから、意地の悪い笑みを浮かべたリリアに何を言っても無駄だと、嫌というほど分かり切っている。

（試験……ねぇ。まともなものであることを願うだけだな……）

ため息を呑み込む代わりにお茶を再度啜って喉を潤す。どんな内容にせよ、ツグナに「拒否」という選択肢はないのだ。

ちなみに、前回同じような顔をしたリリアは「極限の実戦経験から得られるものこそ偉大だ！」と言って、カリギュア大森林の最奥部にある迷宮に二週間、ツグナを放り込んだ。

序盤は無難に（とはいっても危ない目にもあったが）なんとかクリアしたものの、中盤からは難易度が跳ね上がり、思わず「俺死ぬんじゃね？」と何度も走馬灯を見た心地がしたものだ。

さすがにそれだけの経験を経れば、レベルも日を追うごとに高くなっていった。期限内に最下層までは至れなかったが、リリアの言う通りの経験は積んだと思えたツグナだった。ただ、ツグナが迷宮へと放り込まれた事は、その日の内にシルヴィに露見したらしく、さすがにやりすぎだとリリアはシルヴィから散々説教を喰らった挙句、夕食抜きという審判が下されていた。

「それで？　師匠、一応聞いておきますけど……その『試験』というのは？」

これまでのリリアの暴走の数々を知っているためか、シルヴィが早速予防線を引く。

「うん？　そんなに大したことじゃない。ギルドで冒険者登録をし、その上で一か月ほど一人で暮らしてもらうのさ」

「一か月を一人で、ですか……」

「そうだ。いつまでも私たちに頼ってばかりでは困るしな。ギルドで仕事を見つければ収入面は問題ないだろう。ギルドでの登録はそのまま身分証明にもなるしな。それに、これまでこの森の中で暮らしてきたツグナだ。いつまでも私たちと一緒に森の中に引き籠るのは、教育上よろしくない。コイツ自身の成長の妨げにもなるからな。私としてはそろそろ自立できてもいい頃だろうと考えてはいるのだがな」

「そ、それもそうですけど……」

ギルドとは、「依頼の仲介場」である。市民や街の「問題」を「依頼」としてギルドが預かり、冒険者を斡旋仲介するのだ。

冒険者は依頼を達成することで日々の生活の糧《かて》を得て、市民と街は問題を解決できる。ギルドはこのイグリア大陸にある三国の主要な街にはほぼ必ず設置されており、大きな権力を持っていた。

シルヴィはどこか不満気だったが、リリアの言うことも尤《もっと》もであるため、強く出ることはできない。「やれやれ……」と呆れるようにため息をついたリリアが、改めて問う。

「どうする、ツグナ」

「俺は……」

ツグナはチラリと涙目のシルヴィを視界に入れつつも――

「――街へ行きたい」

そう即答していた。

◆　◇　◆　◇　◆

「それじゃ、行ってきます！」

「あぁ、行って来い。ここからだと一番近いのはユスティリア王国の街、『リアベル』だな。それなりに大きな街だから生活するのに必要な道具や冒険者の登録や依頼の斡旋を行うギルドもある。大抵のことは大丈夫だろうよ」

「了解。それじゃ、そこで一か月、だな」

笑みを浮かべるツグナとリリアと対照的に、シルヴィの顔にはどんよりと影が差したかのようだ。

「これ、しっかり見送ってやらんか」

この期に及んで、と言いたげな口調で諌《いさ》めるリリアに「でも……でもぉ～」とどこか悔しげな表情を見せるシルヴィア。

「ツグナが行っちゃったら、もぅ……『ギュッ！』ってできなくなるじゃないですか！」

「「しなくてよろし」」

ツグナを弟として見ているシルヴィにとって、今回のことは「いつかは覚悟しなければならないこと」だと分かってはいたものの、いざ現実のものとなってみると、想像以上に辛かった。

「ったく、シルヴィは過保護なんだよなぁ～」

「もはや『過保護』という括りでは収まりきらない状態になっているとは思うがな」

ツグナはこれまでのシルヴィの所業を思い出そ――――うとしたが、身体がぶるりと震えたので止めておいた。

「ほら、とっとと行って来い。そろそろシルヴィが収拾つかなくなる」

「へいへい」

隣で喚《わめ》くシルヴィに辟易《へきえき》するリリアに心の底で「御愁傷様……」と呟いて、ツグナは街へと足を踏み出した。

さくさくと森の中を歩き、そろそろ抜けようかという頃。

「「グガアアアァァァァ！」」

ツグナは二頭のサーベルベアが取っ組み合って縄張り争いをしている場面にかち合ってしまった。

サーベルベアにしてみれば、ツグナは大事な喧嘩の最中に降って湧いた邪魔者でしかない。

そんな頭に血の上り切った二頭が見た目は弱そうなツグナに対してすることなど、たった一つだ。

「「グガアアァァァァ！」」

協力して排除する。ただそれだけだった。

「……あ〜、やっぱり」

額に手を当て「あいたたたあぁぁぁ……」と言いたいツグナだったが、すぐに頭を切り替えると、腰に吊った二振りの短剣を抜き放ち、間髪入れずに前進する。

リリア直伝の魔闘技が、ツグナの身体を弾丸の如く加速させた。

「うりゃぁあああぁぁっ！」

二頭のサーベルベアの間に潜り込んだツグナは、両の手に持つ短剣を振るい、双方に牽制と攻撃を仕掛ける。怯んだ一体のサーベルベアに近づき、「せいっ！」と掛け声一つした後、蹴りを放つ。

ツグナの蹴りは狙い違わず相手の首の骨を粉砕し、絶命せしめた。

「残るはあと一体っ！」

距離が空いたため、地を蹴って進む。無論、魔闘技は維持したままだ。

「グガアアアァァァ！」

尚も闘気を漲《みなぎ》らせるサーベルベアの爪を回避し、その懐に潜り込んだツグナは、一瞬だけ目を閉じる。

「うっらあああああぁぁぁぁ！」

そして、猛烈なる刺突をいくつも叩き込んだ。

――二刀短剣術レベル２の技、「徒花《あだばな》」。

最後の一突きを繰り出されたサーベルベアが身体を曲げて吹き飛ぶ様は、もはや冗談と笑い飛ばしたくなるほどすさまじい光景だ。

「あ～ったく、返り血がすごいなコリャ……」

立派な体格を誇るサーベルベアを相手に幾十もの刺突を放ったのだから、当然と言えば当然の結果である。

「森から出たら上着だけでも着替えるか」

アイテムボックスを呼び出し、仕留めたばかりのサーベルベアを収めると「この素材の買い取り価格っていくらぐらいだろ……」などと呟きながら、ツグナは森を出たのだった。

「う〜ん、やっとかぁぁ……」

魔の森——カリギュア大森林を抜けてから三時間。ツグナは大きな門の前でぐいっと伸びをしながら、目の前に広がる街を眺めていた。

「さて、行きますか！」

「ちょっと待て」

期待に胸を膨らませて街へ足を踏み入れようとした時、棘《とげ》のある言葉が後ろから突き刺さった。声のする方へ振り向くと、上下を金属鎧《よろい》で固めた大柄な男がツグナを睨みつけていた。

「はぁ、何ですか？」

「何ですか、じゃねぇよ。お前みたいなよそ者のガキが一体何の用件だ？　お前のような黒髪の子供はここいらじゃ見かけないいな……名前は？」

分かりやす過ぎるほどに分かりやすい、上からの物言い。それにイラッとしつつ——

「いや、十二歳になったんで、ギルドに冒険者登録をしようかと。名前はツグナって言います」

そのような苛立ちをおくびにも出さずにツグナは飄々《ひょうひょう》と返す。見た目はまだ幼さの残る十二歳の子供だが、転生前の年齢を含めると既に二十代の後半。腹芸も装備済みであった。

「十二歳になったから冒険者登録だと？　確かに規定じゃあ認められてるが……分かってるのか？

冒険者つったら、常に死と隣り合わせの職業だぞ？」

「そりゃそうですけど、こっちもこの歳になって身分証明の一つも持ってないってのは今後なにかとやり辛くなりそうで。まぁ今までも色々大変でしたけど」

カリカリと頭を掻きながら釈明するツグナに、どこか感情をかき乱されるものがあったのか、男は「なるほどな」と呟くと警戒心を解いた。

「まぁその……ガキが一人で生きていくのは大変だろうが……頑張れよ」

「あっ、はい。ありがとうございます！」

その言葉を聞いて、ツグナはペコリと勢いよく頭を下げる。

「お、おぅ。ただ、この街の決まりで、身分証明のない者は通行税として半銀貨一枚払わなきゃならないんだが……お前持ってるか？」

「そうなんですか？　……えっと、これで」

何でもないように銀貨を渡されて少しばかり驚いた様子だったが、男は特に何も言わずに手続きを進めていく。

この世界の流通通貨は、大きく分けて賎貨《せんか》、銅貨、半銀貨、銀貨、金貨、白鯨貨《はくげいか》の五種類がある。賎貨・銅貨・半銀貨は十枚で一つ上の貨幣単位と交換（例えば銅貨十枚で半銀貨一枚）することができる。ただし、金貨への交換は銀貨百枚、白鯨貨への交換は金貨千枚となる。

ツグナが男に手渡した銀貨は、シルヴィが持たせてくれたものである。「何か入り用の時に」と渡されたのだが、ツグナにしてみれば「少し過保護すぎじゃね？」などと思う節もあったのは事実である。

（う～む……こうも早々にお金を使うとは）

この予想外の事態に、改めてシルヴィの過保護な気遣いに心の中で感謝するツグナだった。

この時、シルヴィが「へくちっ！」とくしゃみをした……のかどうかは誰も知らない。

そうこうしているうちに手続きが済んだのか、再び現れた男は半銀貨九枚をツグナに手渡す。

「冒険者登録が済んだらカードを持ってここに来い。カードを見せれば徴収した半銀貨は返却されるからな。ギルドはこの道を真っ直ぐ行った先にある、レンガ造りの建物だ」

「わざわざすみません……えっと」

ツグナは軽く頭を下げつつ、ちらりと相手の顔を窺う。

「あぁ、すまん。俺の名前はロビウェルだ。見ての通り、この街――リアベルの門番をしている」

「ロビウェルさんですね……カードが発行されたらきっと持ってきますから」

「はいよ。無事に発行されることを願ってるよ」

「それじゃ」

ロビウェルの最後の言葉の意味を気にかけることなく、ツグナは街の中に入って行った。

「さっき通った奴、まだほんのガキじゃねぇか。あんな子供がどうしてこの街に？」

ツグナが門を通過してしばらく経った後、ロビウェルの同僚が訝しげに訊ねてきた。

「なんでも、十二歳になったから冒険者登録をしに来たんだと」

聞いたままをロビウェルが答えると、少しばかり嘲《あざけ》りを含んだ表情になった同僚が、上機嫌である提案をしてきた。

「なるほど、冒険者登録……ね。それじゃあここは一つ、賭けでもしないか？　――あのガキが無事に冒険者登録ができるかどうかを」

これは二人の間で幾度かやり取りされてきた他愛ない会話の一つだった。門に張り付き、人の出入りと外の警戒が主な仕事の門番にとって、「新人《ニュービー》が冒険者登録できるか否か」など他人事でしかない。提案者の男は先ほど通過したツグナの様子を思い描きながらぽつぽつと話し始める。

「俺はそうだな、登録できないに賭けておくか。街へ出てきたのも初めてって感じだったしな。荒くれ者の多いギルドの中じゃ、あんなガキは即刻不合格を食らうのがオチだろうよ」

ニヤニヤと笑う同僚の男に、先ほどから神妙な面持ちを崩さないロビウェルは「登録できる、に金貨三枚だ」と短く告げる。

「おいおい、マジかよ。いつものお前らしくない大穴狙いだぞ？」

「構わねぇよ」

「はいはい」

その後もどこかニヤニヤと浮かれた顔で「もうけた金でどこに飲みに行こうか」などと計画を立

てている男を尻目に、ロビウェルはぼんやりとツグナが通って行った後を目で追っていた。

（何だ、あのガキは……俺の威圧も、挑発じみた言葉も全て受け流しやがった……あれほど見た目と言動が合わないと思ったのは初めてだ。おまけに何だ？　あの底の見えない雰囲気は――）

ツグナと直接会話を交わしたロビウェルだからこそ分かる違和感。そして、長らく門番として人を見る職業についている彼だからこそ抱いた直感。理由を聞かれても「なんとなく」という言葉しか出ない、漠然とした感覚だった。そんな正体不明の感覚を抱きつつも、ロビウェルは自分の仕事に向き直った。

◆◇◆◇◆

門を抜けた先に続く広い通り――住人から中央通りと呼ばれるその道を歩いていたツグナは、やがて足を止めた。

そこには先ほど門番のロビウェルが告げた通りの、赤レンガ造りのしっかりとした建物が立っている。

「へぇ～。ここがギルドか……結構キレイなところなんだな」

扉を開けたツグナは、中の様子を見て意外な印象を受けた。ギルドには日々の生活の糧を得ようと冒険者たちがやってくる。冒険者とは自分の腕っ節だけが頼りの職業であり、いわば「荒くれ者」が集まる場所のはずである。

（もっと騒がしくて荒《すさ》んだ場所かと思ったけど、やっぱりイメージとは違うな……）

後でその辺りについて誰かに訊いてみようかな、と思いつつ、ツグナはカウンターへと足を向けた。カウンターの隅に置かれていた木製の番号札をとり、近くのソファに腰かけてぼんやりと視界に映る光景を眺める。ほどなくして「二十四番の方どうぞ～」とカウンターから声がかかる。

「二十四番って……俺か」

ちらりと札を見て番号を確認すると、立ち上がって声をかけた女性の方へと歩いて行く。

（なるほど。受付はキレイどころを取り揃える、っていうのはどこも同じか）

ツグナを呼んだのは、透き通るような水色の髪を持った女性だった。向かってくるツグナの姿に、その女性の目がわずかに見開かれる。だが、それも一瞬のことですぐに柔らかな表情に戻ったのだった。琥珀《こはく》色の瞳をツグナに向け、優しげな笑顔を見せるその女性は「ザ・受付嬢」という言葉がよく似合う。

（すると、ギルドマスターはムサいオッサンかな……マンガとか小説にありがちだけど）

「どうかしましたか？」

「いえ何も」

この世界ではどこまでお約束が通用するのかなぁ……などと割とどうでもいい思考を巡らせるツグナに、受付嬢は怪訝な顔をしている。

「そうですか……私はこのリアベルのギルドで受付をしております、ユティスと申します。確認ですが、新規のご登録でお間違えはないですね？」

「あ、はい」

番号札を受け取ったユティスは微笑を浮かべて、ツグナにそう断りを入れた。初めてのギルド、そして登録というイベントに緊張したのか、ツグナは言葉を詰まらせながらも首肯する。

「では、受付をしますね」

ニッコリと微笑んで受付の仕事を始めようとするユティスに、ツグナは「まぁ、これから色々と世話になるだろうし」と軽い気持ちで鑑定眼のスキルを発動させた。

すると――

属性

名前 ： ユティス=レイヴィハリア
種族 ： 人族
性別 ： 女
職種 ： 槍術師／ギルド受付嬢／ギルドマスター
レベル ： 82
年齢 ： 34

ステータス

体力……3243/3243
魔力……2985/2985
筋力……293
耐久……242
敏捷……284
精神……232
器用……200

スキル

火系統魔法……Lv.4
地系統魔法……Lv.3
魔力消費削減……Lv.2
槍術……Lv.7
魔闘技……Lv.4
歴戦の勘……Lv.3
隠蔽……Lv.3

固有スキル

陣頭指揮……Lv.3

称号

二重人格受付嬢
黒炎の魔女
誰も知らないギルドマスター

「はぁ⁉」

突然素《す》っ頓狂《とんきょう》な声を上げてしまったツグナだったが、すぐに咳払いをして取り繕う。

「あのぅ……大丈夫ですか？」

ユティスから見れば、仕事をしようとした途端やってきた子供がいきなり大声を上げたのだ。つい いつもの癖で優しげに声をかける。

「ギルドマスターって……」

しかし、その言葉が耳に届いた瞬間、ユティスの手がぴくりと止まる。

「ちょ～っとツラ貸してくれないですか？」

ただならぬ気配を纏いながら訊ねられ、ツグナの顔は引きつった。

「あぁ、大丈夫ですよ。ちょっとキツめに取り調べるだけですから」

「い、いやぁ……お腹が痛いんでまた別の日に……」

「逃げられるとお思いで？」

黒い気配を纏いながら優しい笑顔を見せるユティス。その姿を見るだけで冷や汗が流れるツグナだった。

「あっははは……ハィ」

見えない攻防と心の葛藤《かっとう》を終えたツグナは、白旗を上げる代わりに了承の旨を告げる。

（ちくせう……どうしてこうなった）

結局逃げ出すことはできず、言われるがままに別室へと連行されたのだった。

ギルドマスター＝ムサいおっさんという構図は所詮ただのイメージであること。

これをしっかりと心のメモ帳に刻み込んだツグナだった。

第13話　ギルドマスターの受付嬢

別室に連れてこられたツグナは、部屋の中央に設置されていたイスに座るよう促された。ツグナが受付用紙に記入し終えるのを見るや否や、ユティスはその紙をひったくるように受け取り、名前や年齢をすぐさま確認した。

「それで？　貴方はどうして私が『ギルドマスター』って知ったのかな？　ここではサブマスぐらいしか知らないんだけれどね。是非そこのところを聞かせて欲しいんだけど……ツグナ＝サエキ君」

狭くて暗いこの部屋は、ちょうど警察の取調室に似た雰囲気だった。そして状況に鑑みれば、ツグナはまさにユティスによって取り調べを受けている。

「い、いやぁ……どうしてと言われても……」

ツグナはからからに渇いた喉から、どうにかその言葉を紡ぎ出した。真向かいに座るユティスは受付のカウンターで見た時と同じ笑みを顔に貼り付けている。だが、身体の周りに纏う空気が黒く感じるため、受ける印象には天と地ほどの差がある。ギルドマスター兼受付嬢は、「さっさと吐けば楽になれるよ」と脅しにも似たプレッシャーを放っていた。

「素直に話してくれれば、『五体満足に』さくっと終わると思うんだけどね～」

ニコニコと笑みを絶やさずに放たれる宣告。ツグナは「このヒト……マジでドS《エス》だっ！」と泣きたくなるが、そんなことを言おうものなら更に状況が悪化するのは明らかである。

そんな耐えがたいプレッシャーを前にして――

（うぁ……しまったあああぁぁっ！　あの時のひと言がなければ！）

などと今さらながら自分の軽率な発言を振り返ってしまうツグナである。しかしここまで来ればもう遅過ぎるとしか言い様がない。

（しょうがない、か……）

後悔しても事態は解決しない。これからのことを考えるべきだとツグナは思い直し、あらかじめ用意しておいた答えを提示する。

「あ～……実は俺『解析《かいせき》』スキルを持ってるんですよ」

ツグナの用意していた答え。それは「鑑定眼と似たスキルを告げる」ということだった。相手に嘘を信じさせる場合、どのようにして信憑性を持たせるかがカギとなる。手っ取り早く、かつ効果の高い手段として挙げられるのは――嘘に本当のことを混ぜる方法だ。

「解析スキルって……なるほど。確かにそのスキルだと、私の秘密を知ることができるでしょうね……ただ、私は『隠蔽』のスキルを持ってる。ギルドマスターってことはそのスキルで隠しているはずだけど？　現に私は受付の仕事をしてきた中で指摘を受けたことはないわ。もし、気付いたとしたら、態度から何となく察しはつくだろうし……でも、貴方は初見で見破った。なぜかしらね？」

「そうでしたか。ただ、隠蔽スキルを持っていても効果が出ない場合もあるんですよ」

「効果が出ない？　どういうこと？」

（食い付いてきたか……よし、あとは……）

狙い通りの展開に思わず頬が緩みそうになるツグナだったが、相手が相手なだけに下手に感情を表に出すのは悪手である。ツグナは「あまり言いたくはないんですけど……」という雰囲気を装い、話を続けた。

「解析スキルと隠蔽スキルを比べた場合、より強力な方に軍配が上がるんです」

「つまり、キミの解析スキルの方が強力だったってこと？」

「……みたいですね。解析スキルが隠蔽スキルより強ければ、ステータスを見ることができますし、逆であれば表示されません。仮に同程度ならば、項目は表示されますが『解析不能』となって詳しい数値は見ることができないみたいですよ」

ツグナは「手札《カード》はこれですべて出しつくしました」と言わんばかりに肩をすくめて、ため息を一つついた。

（「解析」は珍しいスキルの一つだ。けど、異界の鑑定眼よりかは数段質が劣る……）

解析スキルはアイテムの使用効果、または原材料を調べたり、相手（魔獣や人間を含む）のスキルやステータスを見たりすることができる。これについてはリリアに教えてもらっていた。相手が「隠蔽」のスキルを持っていた場合には通用しないことがあり、リリアは「研究には重宝するが、対人戦では微妙」という意見だった。

また、これとは別に、「鑑定」というスキルもあるが、これはアイテム名や使用効果等を調べることができるだけで、人のステータスを調べることはできないとも教わった。

（効果順に並べると……「鑑定∧解析∧異界の鑑定眼」っていう感じなんだよな。この人の隠蔽スキルはレベル3だったな。だとすると……鑑定眼のスキルに隠蔽スキルは通用しないのか？）

結論から言えばこれは大正解である。「異界の鑑定眼」のスキルは突き詰めれば「鑑定＋解析＋看破」という三つのスキルの性質を持つ。今回の場合、「看破」という「隠蔽スキルを無効化し、物事の真相や裏面を見抜く」特性が働いたのだ。「異界の鑑定眼」はディエヴスがおまけとして授けたスキルだが、《創造召喚魔法》と同じくやはりとんでもないスキルであった。

そんなことを考えつつ、ツグナは「やっぱり、異界の鑑定眼《この》スキルは今後も言わない方が身のためだろうな」と再確認したのだった。

ツグナは「スキルレベル≒熟練度」だと推測を立てている。これは自身の体験やリリアとシルヴィから聞いたことをもとに立てた仮説ではあるものの、ほぼ間違いはないだろうと確信を持っていた。

その証拠がツグナが命名したところの「派生スキル」の存在である。ある程度の熟練度に達すると、派生スキルとして新たな技やスキルを得ることができる。刀術スキルや《創造召喚魔法》において、その実例を見たのだ。

であれば、ツグナの持つ「異界の鑑定眼」というスキルはべらぼうな「規格外」とも言える。なにせ、スキルごとの熟練度を「スキルレベル」という数値で見ることができるのだから。しかも、自分に対してだけではなく、他人のステータスにも適用できる。

「はぁ……」

「どうしたの？」

「いえ、強すぎるのも悩みどころだな……と」

「そうね。そんなに強力な解析スキルじゃなければ、こうして私に問い詰められることもなかったでしょうしね」

ユティスはそう言うが、もちろんツグナとしては「本当は別のものなんですけどね」と但し書きをつけたいところであった。

◆◇◆◇◆

「それで……貴方、冒険者登録する気なの？」

「そりゃあまぁ。十二歳から登録できるって聞いてきたので」

取調べがひと段落したため、ユティスは本来の業務である冒険者受付を始めた。そして、先ほどひったくるようにして奪った用紙に再度目を向け、利用目的の欄に「冒険者登録のため」との記載を見つけたのだった。

「十二歳になったから登録って……あのねぇ、貴方、冒険者という職業を軽く考えてない？」

「へっ？　どうしてですか？」

意外そうに目を見開くツグナの表情を確認したユティスは、「はぁ……これだから」とあからさまにため息をついて、諭すように言葉をかけた。

「冒険者は常に危険と隣り合わせの職業でしょ？　下手したら死ぬことだって考えられるのよ？確かに規定では十二歳から登録はできるし、憧れるのは自由だけど、まだ大して実力の備わっていない子供が簡単になれるわけないでしょ」

「そういうもんですかね？」

「そりゃそうでしょ！　登録して依頼をいざクリアしよう――と意気込んだはいいものの、サクッと死んで依頼は未達成に……ってなれば、ギルドの信用問題にかかわるもの。どうしてあんな子供に任せたんだ！　ってね」

机をバシバシ叩きつつ熱弁を振るうユティスを、ツグナは「どうどう」となだめる。

「やけに実感がこもってますね」

「だって、実際にあった話だからね」

ケロリと表情を戻してネタばらしをするユティスに、ツグナはむしろ好感を持った。

「でも、俺としては登録ができないと困るんですが。他に生活費を稼ぐ手段がないので」

「解析スキルがあれば商人とかの道もあるんじゃない？」

「商才があればここにはいませんよ」

「確かに。貴方はまだ子どもだし、押しが弱そうに見えるしね」

ユティスのひと言に「余計な御世話だ」と心の奥で突っ込みつつも、ツグナは笑って流す。

「う～ん……そんなに登録をしたいのなら、貴方が本当に冒険者としてやっていけるのかどうか、試すしかないわね」

「試すって……どうやって？」

「あまり聞きたくはないなぁ」と裏で思いながらも、念のためツグナは訊き返す。

「そりゃあもちろん……無理を通したいのなら、実力でもぎ取るしかないわよね？」

喜色満面とも言うべきユティスの表情に、ツグナは「ギルドマスターはドSの女王様」と心のメモ帳にそっと記入し、端に花丸を追記しておくのだった。

第14話　ランクと実力

「実力を測る、って……それはどうやって？」

まさかこの場で戦えとは言わないよな、と少しばかりの懸念を混ぜたツグナの目を見て、ユティスは何を考えているのかを汲み取ったらしい。

「貴方に簡単な『依頼』をこなしてもらうの。いわば試験のようなものね。もちろん、万が一の保険も兼ねた立会人がつくけれど。『簡単な依頼』とはいえ、内容は討伐依頼が含まれた危険なものよ。死なないまでも『骨折した』とか『重傷を負った』という事例があるのも確か……それとも一人で出ていって、誰にも知られずにサクッと死んでしまいました……っていうオチになりたい？」

「それはそれで嫌だな」

ツグナはユティスの説明に一応の理解を示すと、一緒に部屋を出た。それから再びカウンターへ赴くと、仮登録証と呼ばれる粗雑な紙を受け取る。

「時間になったらお呼び致しますから、それまでここでお待ちください」

個室での姿から一変して明るく優しい声をかけるユティスの豹変ぶりは、舞台で活躍する役者も顔負けなほど堂に入っている。

（どんな役者だよアンタ……）

少しばかり恨みを込めた視線を送るも、全く気にする様子もなくさらりと受け流すユティスの態度に、軽くため息をつくツグナだった。

「はぁ……ユティスさんは今日も綺麗だ」

「一度でいいからあの人とデートしてぇなぁ……」

そんな呆けた声がちらほらとツグナの耳に届くが、あの「ドS女王」の姿を見ればそんな寝言も言えなくなるのに、と現実のやるせなさを感じつつ、静かにロビーのソファに腰かけた。

（しっかし、登録ってこんなにも時間のかかるものなのか？　さすがにアニメやゲームのようにサクサクできるわけではないのか……）

つらつらとどうでもいいことを考えながら、「くふぁ」とあくびをするツグナ。「サクッと登録して依頼をこなそう」と算段していたツグナにとっては想定外の事態だが、必要な手続きと聞けば諦めるほかない。

（まぁいいか。そんなに急ぐこともないしな）

リリアが設けた期間は一か月。その間に一人で生活できるようになればいいわけで、何も「期日までに資金を倍にしろ」とか「依頼をこなしてレベルを○○まで上げろ」と言われているわけでもない。まだ時間的余裕は残されているのだから、ここで手間どったとしてもさほど支障はきたさない。

そして、このまま少し眠っちゃおうかな、とツグナが目をつむった矢先――

「オイオイ、いつからギルドは子守りの真似事をするようになったんだぁ～？」

視界の隅に映る大柄な男から、そんな声が上がった。

「うん？」

ツグナはきょろきょろと周囲を見渡すが、「子供」と呼べるような人間は自分の他にいない。まず間違いなく自分のことだと察したツグナは、歩いてくる男にただただ興味なさげな視線を送る。

男は金髪に青い目をした見るからに「チャラそう」な感じであった。得物はロングソードらしく、ごてごてと装飾の施された鞘が嫌でも視界にちらつく。

「なんでテメーみてぇなガキがこのギルドにいるんだ？　一瞬、黒いゴブリンかと思って討伐しようかと身構えたぞ」

「なんで、って訊かれても。ただここには冒険者登録をしに来ただけなんで」

ツグナはいたって真面目に男の質問に答えるが、男はその言葉を聞いた瞬間、大声で笑い出した。

「ぶははっ！　こりゃあ何の冗談だよ！　こんなちっこいガキが冒険者登録だと？　お前みてぇなガキはとっとと帰っておとなしくママのおっぱいでもしゃぶってろよ」

あからさまな挑発だが、そんなことで激昂するほどツグナは馬鹿ではない。

「いえ、俺には帰る家もないし。それに、師匠からは『大丈夫だろう』って言われてるから」

この「師匠」とはリリアとシルヴィのことだ。この場に二人がいないから言えることではあるが、ツグナは二人に恩を感じているし「家族」とも思っている。血は繋がっていないが、生まれた屋敷にいた家族よりもよっぽど家族らしい生活を送れたことに感謝していた。

「ハッ……なら、その『師匠』とやらはよほど目がイカれてるようだな。こんなガキに何ができるって言うんだ？　その師匠も大したことないんだろうよ！」

「……なんだと？」

男の余計なひと言がツグナの逆鱗《げきりん》に触れる。自分が標的にされるのはまだいい。だが、リリアとシルヴィのことを悪く言われるのは我慢のならないことであった。反射的に棘のある声音で返答してしまったツグナに、男はニヤリと下卑《げび》た笑みを浮かべる。

そんな二人の間に流れるただならぬ雰囲気に、周囲で「なぁ、おいアレって……」と囁《ささや》く声が漏れる。刃傷沙汰はゴメンだぞという空気を読んだのかどうかは分からないが、タイミングよく、カウンターからツグナを呼ぶユティスの声が聞こえてきた。

「それでは始めますか……って、機嫌が悪いですね。何かありましたか？」

険悪なムードが漂う中、ユティスは淡々と自分の業務をこなす。

「目の前で殺伐とした空気が流れていたのに、よくそんなことが言えるな」

「見ていて面白かったですから」

「オイ、本音が漏れてるぞ」

笑みを浮かべたまま堂々とそんなことを告げるユティスに、ツグナはため息混じりに声をかけた。

「まぁ……ギルドでの揉め事は日常茶飯事ですから」

「それで？　あの男は一体何様だよ。こっちとしてはいい迷惑なんだけど」

ちらりとツグナから視線を外し、後ろで睨むようにこちらを見つめる男を確認したユティスは、小さく「あぁ……」と投げやりな言葉を発した。

「あの人は大型レギオン『炎熱《えんねつ》の覇者《はしゃ》』の一人、リュック＝ダグラスね。ランクは、C-だったかしら」

「レギオン？　……って何だ？」

ランクはおそらくギルド側で設けている実力を示すものだろうと御馴染みのヲタク知識から推測を立てられるが、「レギオン」については具体的には分からなかった。

「それは貴方が無事に登録できたら教えるわよ」

ニヤニヤと笑うユティスに、ツグナは何も言わず先を促す。

「最近ランクがC-に上がって態度がでかくなってるみたいね。周囲も迷惑してるみたいだし、ここらで一回遊んでおいた方がいいかしら」

相変わらずのドSぶりに「大したものだ」とツグナは半ば呆れてしまう。

男の突き刺すような視線を背に受けつつ、ツグナはユティスが示した扉を開いた。

「試験についての説明はこの扉の向こうにある部屋で行います。それじゃ、頑張ってくださいね」

「へいへい」

変わらぬ営業スマイルを浮かべるユティスに適当な返事をして扉をくぐりながら、ツグナは先ほど自分に突っかかって来た男――リュック＝ダグラスのことを思い返した。こっそりと鑑定眼を通して見たステータスを自分と比較しながら。

（う～ん。アレでC-ってどうなんだ？　どの程度凄いのか分からんが……）

属性

名前	： リュック＝ダグラス	種族	： 人族
性別	： 男	職種	： 剣士
レベル	： 22 ［ギルドランク C-］		
年齢	： 21		

ステータス

体力	1020/1020	敏捷	99
魔力	1007/1007	精神	89
筋力	104	器用	87
耐久	100		

スキル

魔闘技……Lv.2
剣術……Lv.2
［+二段突き］
［+スラッシュ］
火系統魔法……Lv.3
［+ファイヤーボール］
［+ファイヤーウォール］
［+フレイムランス］

固有スキル

称号

「まっ、とりあえず目の前のことに集中だな」

絡まれたとしても、ツグナはまだ登録していない一般人だ。そんな人間に暴力を振るえば、あの男も自分がどうなるかぐらい分かるだろう。仮に、暴力沙汰になっても、その時は遠慮なく叩き潰せばいいだけだと判断したツグナは、部屋に足を踏み入れる。


「やぁ、キミがツグナ＝サエキ君だね。初めまして、このギルドのサブマスターを務めているクロウス＝アズラエルと言います」

扉を潜り抜けた先、広い会議室のような一室へとたどり着いたツグナを待っていたのは、ローブを身につけた猫耳の男性と十数名の登録志望者だった。

（ちくせう……なんで……どうして……）

わなわなと震えて顔を俯かせるツグナの中には、悔しさと理不尽さが渦巻いていた。

「えと……どうかしました？」

「い、いぇ……なんでもないデス」

やっとの思いで絞り出した言葉に、クロウスは「そうですか」と答えて作業を続ける。手元の用紙を見つつ、参加者一人一人の名前を聞いているようだ。

ツグナは目の前で作業を続けるクロウスを見つつ、時折ピクピクと反応を見せる猫耳と揺れる尻尾を眺めている。

（現実はなんて理不尽なんだ……初めて接点を持った獣人がまさかのヤローだったなんて……）

ツグナはこの異世界に、内心で「初めての猫耳美少女」を期待していた。折角獣人族のいる世界に転生してきたのだ。なまじリリアとシルヴィという別の点で期待通りの例があったからこそ、そうした期待も高くなっていた。だが、現実はそう上手くはいかないものである。思わずくじけそうになる心を持ち直し、気分転換にとツグナは辺りを見回した。

ここに集められたギルド登録志望者は十数名ほどだ。ツグナから見れば、その誰もが「年上」であった。

「あれっ？　貴方みたいな子供がここにいるなんて。しかも黒髪黒目の男の子って、珍しいね」

いつの間に近づいてきたのか、不意に横から声がかかる。ツグナがそちらを向くと——そこに見つけた顔に、すこしばかり呆けてしまった。

茶色の髪に細い目。まだ幼さの残る顔立ちだが、そこには「これから美人になりそうだ」という伸び代を秘めた美しさが感じられる。

最大の特徴は頭の上に生えた耳だろう。その耳は先へと進むに従い細くなり、先端部は白く染まっている。クロウスの猫耳とは異なる、いわゆる「狐耳」の女性である。ついでに足の方へと視線をずらせば、両足の間からふさふさとした尻尾も見えていた。

「どうかした？」

「い、いや別に……それにしても、そりゃあ俺はまだ子供だろうけど、一応師匠からはお墨付きは貰ってるんだぜ？」

ここに来る前にあったひと悶着を思い出したのか、どこか苦い顔をするツグナ。そんなツグナに、少女は「気に障ったらごめんね」とバツの悪い顔で謝罪する。

「私の名前はソアラ＝レミントンって言うの。気軽にソアラでいいよ」

「ツグナ＝サエキだ。俺の方もツグナでいい」

ツグナの反応にソアラは気をよくしたのか、ピコピコと耳を動かして嬉しそうに微笑んだ。そこへクロウスの声が届く。

「はい。全員の出席を確認、手続きを完了しました。これから私が引率してこの街の近くにある森へと向かいます」

さすがサブマスターと言うべきか、淡々とこれからのことを話し始めるクロウスの様子からは、手慣れた感じが伝わってきた。

「そこで皆さんに課されるのは――一人十五匹以上の獲物を狩ること。狩る対象は、ギルドに常時討伐依頼が出ている『フェアウルフ』『ゴブリン』『ウィスプウッド』の三種類です」

そう告げた瞬間、クロウスの顔が軽く引き締まった。淡々と伝えられるクロウスの言葉は、志望者たちの顔色を暗く染めていく。

「十五匹以上って……」

隣に立つソアラが困惑気味にそう呟いた。一人当たり十五匹、ここにいる志望者全員分なら二百匹は超える計算になる。

「あぁ、ちなみに参加する皆さんが条件をクリアしても他の冒険者に金銭的な影響を与えるといったことはありません。彼らは繁殖能力が高いですから。そのせいもあって『常時討伐依頼』として出しているんですけどね」

あっけらかんと喋るクロウスだが、志望者としてはたまったものではないだろう。暗澹《あんたん》とする志望者たちに、クロウスの言葉がまたも降り注ぐ。

「一応私もついていきますが、基本的には何事にも皆さん自身で対処していただきます。私は引率および監督官として同行するまでですから。期限は今日を含めて三日間。手段は自由です。何人かでパーティを組むもよし、あるいは一人で行ってもよし。ただし、結果を偽ることや他人が戦闘中の隙に自分が止めを刺すことは許されませんからご注意を。報告の際は討伐証明部位を私に提出してください」

つまり、怪我を負ったとしても自己責任というわけである。

クロウスは腰に付けた道具袋から鈍色の金属プレートを取り出し、参加者一人一人に配布する。

「このプレートにはある特殊な魔法が刻み込まれていて、その人が狩った獲物の数が記録されていきます。加えて違反行為があった場合も記録が刻まれます。当然ながら紛失、破損は失格です。そんな人にギルドカードを渡したくはないですしね」

そこで志望者の一人がニヤリと悪意に満ちた笑みを浮かべた。その笑みを目ざとく見つけたクロウスは、無表情のまま静かに告げる。

「ちなみに、そのプレートを他人と交換することは認められません。その場合は即失格としますので注意してください。また、このプレートに干渉して記録の改竄《かいざん》や偽装を行おうとしても無駄ですので悪しからず……もっとも、皆さんは刻まれた記録を見ることはできません。どういった獲物を何体狩ったのかを含め、そういった情報の一切はギルドの職員にのみ、開示される仕組みになっていますから」

苦い顔をした志望者に微笑むクロウス。そんなクロウスに対し、ツグナは鑑定眼を発動させた。

属性

名前 ： クロウス＝アズラエル
種族 ： 猫人族《ねこびと》
性別 ： 男
職種 ： 魔術師／サブマスター
レベル ： 79
年齢 ： 35

ステータス

体力……3020/3020
魔力……3112/3112
筋力……260
耐久……247
敏捷……280
精神……272
器用……231

スキル

回復速度アップ（HP・MP）……Lv.2
回復量アップ（HP・MP）……Lv.3
魔力消費削減……Lv.4
火系統魔法……Lv.3
［＋劫火球］
［＋炎熱蛇］
［＋ヒートジャベリン］
地系統魔法……Lv.2
［＋地下牢］
［＋グランドウォール］
雷系統魔法……Lv.4
［＋サンダートーチ］
［＋スパークレイン］
［＋紫電槍］
［＋疾走紫電］
［＋サンダライトボム］
杖術……Lv.2

固有スキル

無音移動……Lv.3

称号

名前通りの苦労人気質
女王の右腕

(なるほど……さすがはサブマスターを名乗るだけあって、レベルはそこそこだな。にしても、こんな依頼を出してくるとは……あのドSギルマスの仕業じゃあねぇだろうな)

黙ったままのツグナに、隣のソアラから声がかかる。

「一人十五匹以上、今日を含めて三日間……かぁ。無事にクリアできるかな私たち」

「いや、俺に訊かれてもな。せめて仲間たちとしっかり役割分担や陣形について話し合うほかないだろ」

そんなツグナの発言に、少女は「アンタ何言ってんの？」とでも言いたげな表情を浮かべている。

「だって、私とツグナでパーティ組むんでしょ？」

「ちょっと待て。そんなことは一切何も言われてないんだが？」

「えっ？　私言わなかった？　『私たち』って」

何を決まり切ったことを、と言いたげに首を傾げるソアラに、ツグナは思いっきり顔を顰めて抗議する。

「冗談じゃないぞ。俺は一人でやりたいんだが？」

「えぇっ!?　無謀すぎるでしょ！　絶対パーティを組んだ方がいいって！　効率的だし、私も力になる……よ」

ダメかな、と狐耳をぺたんと下ろしてしょげつつも懇願するソアラ。そんな顔をされても、とツグナは最初こそ拒否する態度を見せてはいたが——

「ねぇ……ダメ？」

さすがのケモミミ美少女である。己の武器を余すところなく利用したこの攻撃は、ツグナの防波堤をついに撃破するに至った。

「ったく、分かったよ。ただし足は引っ張るなよ」

ガリガリと頭を掻きながら、ツグナはぶっきらぼうにそう告げる。

「やたっ！　ありがとツグナっ！」

ツグナの後ろから両手を回し、ギュッとしがみつくソアラ。彼女の両腕にすっぽりと収まるようにツグナが抱きしめられた格好は、まるで少女がお気に入りのぬいぐるみを抱く絵面《えづら》を思わせた。

「放せえええぇぇぇ！」

ツグナは為す術《すべ》なく、引き連られるようにしてギルドを出たのだった。

◆　◇　◆　◇　◆

二人は森への道すがら、必要になりそうな回復薬や夜営用の道具を買い付けていく。晴れてツグナと行動を共にすることとなったソアラは、笑みを浮かべながら歩いていた。

（良かったぁ～。もしこの子がいなければ、私もソロで試験に臨まなきゃいけなかったところだわ。

あの試験内容じゃあ、他の人と組んで行動した方が効率的だろうケド……あんな目を向けてくる人たちとは一緒にいたくない、っていうのが本音なんだよね）

ちらり、と視線を動かすと、自分たちと同じギルドへの登録志望者がちらほらと見受けられる。

彼らの中には、ソアラの傍に立つ少年に不愉快そうな顔を向ける者もいる。

「おい、アイツ……」

「あぁ。隣を歩いているのは狐人族《きつねびと》、か……チッ、あの野郎うまくやりやがったな」

「確かに。なるほど……狐人族の女の子、か」

ソアラのピンと立った耳が、周囲の志望者から漏れた声を否応なく拾う。そんな声に突っかかる方が馬鹿らしいと考え、ソアラはただ唇を噛んで耐えていた。

彼女は「狐人族」と呼ばれる獣人である。この世界で獣人という種族自体は珍しくはない。だが、狐人族は数ある獣人の中でも希少な部類に入っていた。

もともと獣人は、パワーと素早さに優れるという身体的特徴を有している。それに加え、狐人族は魔法の扱いにも長けているという特性もあった。

それ故、まだ志望者レベルだという要素を差し引いても、彼女とパーティを組むメリットは大きいと思われた。ただ、純粋に戦力として加えようとする人間はどれほどいるのかは不明だった。

ソアラの母親は、過去に冒険者として活躍していた。今は引退してはいるが、時折魔物や魔獣を退治し、仲間を守る母の強さに、ソアラは幼い頃から憧れていた。彼女が冒険者として生きていくことを決意したのは、自然な流れだった。進む道を決めてからというもの、彼女は人目を避けて自分の技を鍛え、修練を重ねていった。

「そう……貴方も冒険者に、ね。貴方が自分で決めたことだからとやかく言うつもりは無いけど……覚悟だけはしなさい。冒険者というのは、いつも危険と隣り合わせなんだから」

自分の進む道を告げた時、ソアラの母は反対することもなく、ただ静かにそう呟いただけであった。直後、「隠れて鍛錬していたようだし、心配はあまりしてないんだけとね」と軽く笑われたのだが。

（でも……私は知ってる。お母さんが、冒険者になろうとしてる私のことをどう思っているかぐらい）

ソアラはわずかながら表情を曇らせた、あの時の母親の顔を思い浮かべる。自分の決断に後悔は無い。けれども、母親から言われた「危険と隣り合わせだ」という言葉の意味は、今自分に向けられている視線を慮《おもんぱか》れば、よく理解できた。

「……だな。だから――って、おい。聞いてるか？」

「ふぇっ!?　あ、あぁ……ごめん。聞いてなかった」

突然自分の視界に入って来たツグナに驚き、足を止めたソアラは、思わず上ずった声を出してしまう。ツグナの話す内容を右から左へと聞き流していたためか、「ちゃんと人の話聞けよ」とため息混じりに窘《たしな》められた。

「……ねぇ、貴方は私のことをどう思ってる？」

自分やツグナに向けられる視線のことが頭を離れず、ふとソアラはそんな言葉を呟いていた。

「どう思うって……あぁ、なるほど」

投げられた質問の意図を汲み取ったのか、一度左右に目を走らせたツグナは――

「なんだ……そんなことか」

くすりと笑いながらそう告げた。

「そんなことって」

同情もなくただ笑うだけの反応を見せたツグナに対し、ソアラはムッとしつつも反論の構えを見せる。しかし、言い返そうとする彼女に、ツグナは微笑を崩すことなく口を開いた。

「俺も狐人族がどんな種族なのかぐらいは知ってるさ。それに、この絡みつくような目を寄越してくる人間がどんなことを考えているのかも、何となくは分かる」

「じゃあ……」

どうして「そんなこと」だなんて、と悲しみを帯びた表情で訊ねるソアラに、ツグナは若干の呆れを含ませた声音で言い放つ。

「けど、俺から言わせてもらえば『だから何だ？』っていう感覚しか無い……狐人族が希少？　だから？　女だから何だって言うんだよ。守らなきゃいけないってか？　戦いの場じゃ……生きるか死ぬかのどちらかだけだ。そんな場所で肩を並べて戦おうってヤツに、『それ以外の場では俺が守ってやる』なんて言ったたって、迷惑なだけだろうしな。あとなぁ――」

そこまで言ったツグナは、ソアラの真正面に立つと、彼女の額を指でつつきながら言葉を重ねた。

「もともと誘ったのはそっちからだろ？　今さら他人の目を気にしてどうすんだよ」

「うん……ゴメンね」

そうだったよね、と気持ちを入れ替えるようにぎこちなく頬を緩めたソアラに、ツグナはガリガリと頭を掻きながらも言い辛そうに言葉を紡いだ。

「それに……ちょっとは嬉しかったんだぜ？　俺のことを見た上で、『一緒にやろう』って言ってくれたしな」

ツグナは今までの自分の境遇を思い、小さな声でぶっきらぼうにそう告げた。ソアラにこの言葉の裏に隠された意味までは分からなかったが、彼の話す様子がどこか滑稽《こっけい》で、微笑ましく思えた。恥ずかしさが混じったツグナの言葉を聞き届けたソアラから「ふふっ……」と軽やかな声が漏れる。

「そっか……」

吹っ切れたように晴れ晴れとした表情になったソアラは、にこりと笑みを零して再び歩き出した。

「それじゃあ時間も無いし、さっさと行こっか！　ほら、突っ立ってないで行くよ！」

ツグナの手を取り、ソアラはぐいぐいと引っ張って先を歩く。そんな彼女に、ツグナは「足を止めてたのはどっちだよ」と言いたげな苦笑を浮かべつつも素直に従うのだった。

第15話　試験開始

クロウスを先頭に、ツグナとソアラを含めた登録志望者は街を出て東へと進んでいく。

街を出る際、ツグナはロビウェルと再び対面し、「これから登録のための試験に行ってくる」と軽く報告した。ロビウェルの方は何度もこうした光景を目にしているのか、「まぁ頑張れよ」とだけ告げてさっさと仕事に戻っていってしまった。あっさりと終わった挨拶に苦笑を浮かべたツグナだったが、出会った時に見られた警戒心は見られなかったことに少しばかり安堵しつつ、街を出たのだった。

「あれっ？　……そういえば、戻って来た時にまた半銀貨を払うのか？」

街を出てしばらく経った頃、ふと口を突いて出た質問に答えたのは隣のソアラだ。

「それはないよ。引率してるクロウスさんもいるし、ギルドの方から話は通してあると思うから」

ソアラの説明に納得してツグナは頷く。しかし、今度はソアラの方から不安げな声が上がった。

「大丈夫かなぁ……一応傷薬とか回復薬は出る前に買ったけど、足りるかどうか心配だなぁ」

クロウスはギルドから出ると「それじゃあ、これから行きますから」とだけ言って門の方へと歩き始めた。これに泡を食ったのは志望者の方で、ろくに準備していなかった者はクロウスについて行きつつ、急いで支度をする羽目となったのだ。かくいうソアラも回復薬が少なくなっていたことに気付き、慌てて買い揃えた一人である。

「ストックが足りているかどうかは常に確認しておけよ」

「それはそうだけど、まさかこのまま行くっていうのは想像していなくって……」

「それも試験の一環なんだろうよ」

内心ため息をつきたくなる想いを抑え、諭すように告げるツグナ。

（あのギルマスのことだから『試験の一環』というよりも『その方がオモシロそう』っていう動機の方が大きいと思うがな）

一方のソアラは「なるほど、心構えを説《と》いているのか」と勝手に納得していて、ツグナとしては少しばかり罪悪感がよぎった。

辺りに目をやると、他の志望者たちもめいめいパーティを組んで試験に臨むようだったが、結局街の中にいる間に声をかけてくる者はなかった。目的地へと向かう二人に注がれる視線はどこか冷めたものにさえ感じられる。

（まぁ俺はこんなナリだし、大した戦力にはならないと思われてるんだろうな……）

向けられる視線の意図はなんとなく察してはいるツグナだったが、わざわざそんなことをソアラに言う野暮《やぼ》な真似はしない。彼女もツグナに向けられている視線がどのようなものかは分かっていた上で、それでも「パーティを組んで欲しい」と申し出てくれたのだ。そうした厚意を傷つけるようなことはしたくなかった。

門を出て歩くこと十五分。ツグナたちの前には視界いっぱいに広がる森林があった。その近くまで到着するや否や、クロウスが口を開く。

「さて、着きましたね……では、ここで三日間頑張って。報告やリタイアする場合はここに来てください。期日までは私もここにいますから」

それだけを言うと、クロウスはニコリと笑って一人テントを張り、中へ入っていった。

完全に放置プレイである。その無責任な仕打ちに「あんまりだろ」との声がちらほらと上がるが、来てしまった以上はどうすることもできない。

ある者はグループで、ある者は一人で森の中へと入っていった。

「さてと行くか」

「う、うん。頑張ろうね！」

軽く拳を握り、やる気を見せるソアラ。その様子を傍で見ていたツグナは、鑑定眼のスキルを発動させてパーティメンバーとなったソアラのステータスを確かめた。

The Black Create Summoner

属性

名前 ： ソアラ=レミントン　　種族 ： 狐人族

性別 ： 女　　職種 ： なし

レベル ： 12

年齢 ： 15

ステータス

体力	578/578	敏捷	70
魔力	780/780	精神	71
筋力	65	器用	56
耐久	57		

スキル

火系統魔法 …… Lv.3
［+ファイヤーアロー］
［+ヒートランス］
水系統魔法 …… Lv.3
［+ニードルレイン］
［+ウォーターカッター］
［+ウォーターバレット］
魔鋼糸術 …… Lv.3
［+天鋼鎖縛《てんこうさばく》］
［+天鋼糸断《てんこうしだん》］
［+魔鋼結界《まこうけっかい》］
弓術 …… Lv.2
［+一射確殺］
［+精密射撃］

固有スキル

妖狐之焔《ようこのほのお》 …… Lv.3

称号

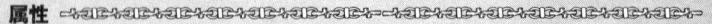

「……どうしたの？」

じっと見られていたことに気付いたのか、ソアラが不思議そうに声を上げる。ツグナは「いや、やけに身軽なんだなと思ってさ」と話題を逸らして誤魔化《ごまか》す。

「へへっ。私はコレを使うんだ♪」

そう言ってソアラが見せたのは、黒革のグローブだった。ソアラによると、手の甲部分には「魔鋼」と呼ばれる特殊金属の板がついていて、ソアラの魔力で自在に糸状に変化させて相手を捕縛したり、獲物を切ったりできるのだという。格闘にも使えるが、主な目的は魔鋼の糸で自身の手や腕を保護するためのものだ、と説明を受けたツグナだった。

「へぇ。魔鋼ねぇ……そんなものがあったのか」

「これは私のお母さんから貰ったものなんだよ。お母さんも冒険者だったらしくて、その時に使っていたものなんだって。一応他に弓と魔法も使えるけど、どうにも遠距離からの攻撃に偏《かたよ》ってるのが欠点だと自分でも思ってるんだよね」

嬉しそうに話すソアラを見ながら、ツグナは少しばかり哀しげな笑みを浮かべた。

「そっ……か。愛されてるんだな、ソアラは」

「まぁね。ちなみにツグナの武器は？」

「あぁ、俺はこれだ」

左手で刀の柄を握り、後ろに回した右手で短剣を引き抜く。短剣の刃が陽の光を浴びて輝いた。

「それって……剣なの？」

物珍しそうに刀を見たソアラに、ツグナは苦笑を浮かべる。

「いや、剣じゃないんだ。これは刀だ」

「カタナ？」

短剣を戻し、代わりに左腰から刀を抜く。すらりと伸びた刀身に浮かび上がる鮮やかな波紋。薄く砥《と》がれた、「斬る」ことのみを追求した武器が刀である。

「うっわ。凄くよく切れそう……」

「まぁな。扱いが下手だと指も切り落としちまうぐらいだし」

ニヤリと笑うツグナの言葉に、ソアラの表情が軽く引きつる。静かに納刀して周囲を見渡せば、多くの志望者が既に森の中へと入っていったらしく、残っている者はごくわずかだ。

「さて、俺たちも行くか」

「了解っ！」

あくまで自然体で森の中に入るツグナとは対照的に、ソアラの方は緊張が滲み出ている。

「あ、ちなみに今日は狩りはしないからな」

「ふえっ⁉　どうして！」

「もう夕方になるだろ？　それまでに眠れる場所を確保しておかないとな。夜になれば俺たちの方が不利だぞ」

「それもそうだよね……」

肩を落とすソアラに、ツグナは「あっ、そうだった」と思い出したようにさらりと告げる。

「加えて言うけど……俺、『普通の』魔法は使えないから」

「うえぇぇぇぇっ⁉　で、でも何らかの適性は――」

「あぁ、ないない。小さい頃に水晶球を使って測ったことがあるけど、『適性無し』だったから。まず間違いないと思うぞ？」

「そ、そうなんだ……」

今の今までやる気と緊張を見せていたソアラは、ツグナから告げられた衝撃的な内容の発言にうなだれる。そして不安げな表情のまま、ツグナと共に森の中へと進んでいった――


登録試験初日の夜。森の端々から「うあああぁぁぁ！」とか「ぎゃあああぁぁぁ！」などと叫び声が聞こえる中――

「うぁ……ウマいなコレ！」

ツグナは普段通りにむしゃむしゃと夕食を食べていた。まるで聞こえてくる悲鳴をおかずに夕食を楽しむかのようなツグナの姿は、他人が見れば思わず顔面を引きつらせる光景だろう。対面に座るソアラはと言えば、沈痛な面持ちのまま、時折響きわたる悲鳴にビクッと肩を震わせてはスープを飲んでいる。

「んぐっ……さっきから全然食ってないように思うけど、もしかして口に合わなかったか？」

二人の目の前に並んでいる料理は、全てツグナが作ったものだった。

アイテムボックスから取り出したのは、街に来る際に仕留めたサーベルベアの死体だ。

ツグナの持つレアなスキルに驚くソアラを尻目に、スキルの効果によってまだ仕留めたままの新鮮な状態だったサーベルベアを解体スキルで捌き、スープや香草焼きといった料理に仕上げていった。もともとシルヴィの手伝いとして始めた料理であったが、ツグナは順調に熟練度を上げていき、今ではシルヴィに負けず劣らずのレベルにまで達している。

「いや、おいしいよ！　ホントに。ただ……」

「うん？　ただ？」

「ツグナは怖くないの？　そこかしこから悲鳴が上がってるんだよ？」

びくびくと怯えを見せるソアラに対し、ツグナはぐびりと水をあおってひと呼吸おき、しばらく考え込む仕草を見せた後、ぽつぽつと言葉を紡ぎ出していく。

「う～ん。怖いと言われれば怖いかもしれない。けど、今は他人のことで振り回されている場合でもないしな」

淡々と話すツグナに、ソアラは「それもそうだけど……」とどこか不満げな表情を見せる。

「それに、俺たちはまだ何も狩っていないんだ。明日には忙しくて構っていられなくなるだろうさ」

「そうだった……まだ私、何もしてなかった」

改めて指摘された事実に、がっくりとうなだれるソアラ。そんな落ち込んだ様子の彼女に、ツグナはシニカルに笑う。これから、二人合わせて三十四以上を討伐しなければならないのだ。リミットは明後日まで。森の中というハードな場所で、残り二日間でそれだけの獲物を狩らなければならない。どうしたって明日からは忙しくなるだろう。

ツグナは空になった器をアイテムボックスにしまい、「俺はここで見張りしてるから先に寝な」と告げる。ソアラも明日の忙しさを想像したのか「分かった～。交代する時は言ってね」と返すと一人テント の中に潜っていった。ちなみに、二人のテントは別々の物を用意してあるのは言うまでもない。

◆◇◆◇◆

「――……さて、とそろそろか？」

夕食を終え、どれほどの時間が経過しただろうか。揺れる焚き火の明かりを前に、ツグナは小さく呟いた。既に真夜中近く。茂る木々の隙間からは、仄かな月の光が差し込んでいる。こうした夜の森は非常に暗く、こんな時間帯に歩き回るのは愚かなのを通り越して自殺行為以外の何物でもない。

ツグナはひとしきり周囲を確認すると、左腕から魔書《クトゥルー》を取り出す。

「久しぶりの仕事だ――コクヨウ」

その名前を呼ぶと、本の上に光の粒子が集まり、一つの姿を形作った。現れたのは、真っ黒な羽毛に覆われた一羽の鷹《たか》だった。鴉《からす》を思わせる漆黒の毛並みは艶を持ち、炎の光を反射して星のように煌《きらめ》いている。

揺らめく炎に照らされて、毛並みの黒さがいやました鷹は、リリアやシルヴィとの修練の間にツグナが創り出した生き物である。

「久しぶりですな、我が主。こうしてまたお目見えできる機会を得られ、恐悦至極に御座います」

ツグナが《創造召喚魔法》で生み出すものには、リルやコクヨウのように自我を持っていることが多い。これは「召喚魔法」という従来の「召喚者」と「使役されるもの」の上下関係を嫌ったという一面もあるが、「自我を持って話せた方が面白いんじゃね?」という理由も多分にあった。召喚してからすぐに流暢な会話を交わすには、それなりの高い知性と知識が必要である。

(これは推測だけど……おそらく、魔書に描く際に俺の魔力を通じて知識や知性が宿るのかもしれないな)

コクヨウの頭を撫でるふとツグナの脳裏には、ふとそんな考え方が浮かんでいた。

金色に輝く目をツグナに向け、恭《うやうや》しく頭を下げるコクヨウ。そんな硬い挨拶にくすりと笑いながら、ツグナは用件を伝える。

「呼び出した早々悪いが、上空からこの森全体を俯瞰《ふかん》してきてくれないか？」

「この森全体を、ですか？」

「あぁ」

コクヨウの質問に、ツグナは頷いて答える。

ツグナがこうしてわざわざコクヨウを呼び出し、森を調査させるのは、ソアラと共に探索している中でいくつか気になる点があったからだ。ツグナは眉根を寄せ、難しい表情を浮かべながら、淡々と懸念していることを告げた。

「森全体に何か殺気立ってるような感じが漂っている。それに、こんな真夜中にもかかわらず活動しているヤツが多過ぎる」

活動個体が多い――これは先ほど「マップ」スキルを用いて分かったことだった。ツグナは過去に魔の森で夜を明かしたことが幾度かあったのだが、危険区域とされるかの森でも、真夜中に活発に活動する魔獣は少なかった。それもそのはずで、魔獣も生き物である。生命活動の基本は他の動物たちと変わらないからだ。

マップを通して確認した結果、この時間でも日中の八割ほどが活動していた。

ツグナは今、視界に展開されている森全体の地形情報と、移動している光点を見つめている。日中に一度確認し、その時はあまり気にしていなかったが、現時点で活動している個体数は減少していない。

　これで、夕食時に聞こえてきた悲鳴にも合点がいった。

（これだけ活動している個体が多いと、遭遇する確率も高くなるはずだよな……食事時はもっとも警戒心が緩まる時間でもある。これは明日も注意しておいた方がいいな）

　まだ推測の域は出ていない。だが、ツグナは「調べるに越したことはないだろう」と、コクヨウを呼び出したのだった。

「日中に活動していた個体数と現在活動している個体数……その差があまりない。加えて感じるこの殺気じみた空気。一度調べておきたい」

「なるほど。ご懸念の通りかと」

　コクヨウも疑念を感じたのか、ツグナの言葉に大きく頷く。

「頼むよ。結果は随時報告してくれ」

「かしこまりました、我が主。周囲の警戒も含め、すべてお任せください」

　コクヨウはそう言うと、羽を広げて夜闇の中へと旅立っていく。

（杞憂《きゆう》――とは思えないんだよなぁ……）

　その姿を目で追いかけながら、胸の中に残るイヤな予感にため息をつきつつ、ツグナは見張りを続けていった。

第16話　異変の正体

二日目の夜にはツグナとソアラ両名ともに目標討伐数の七割弱まで仕留めており、初日と同様に早めに就寝することにした。

夜中、見張りをしていたツグナの下に、一日中森の中を飛び回っていたコクヨウが報告に戻った。

「この森の奥に何かがいるようですな。上空からは分かりませんでしたが、なにやら禍々しい気が感じられました」

「なるほどね。他の生き物はその凶悪なヤツと出会うのがイヤでここまで逃げてきているってか？」

「そう見受けられましたな」

ツグナはコクヨウからの報告を聞き、「この森に何らかの異変が起きている」と結論付けた。勿論その正体についてはまだ不明である。ただ、懸念事項が増えたことはよくない傾向ではあった。

（問題は、この異変を引き起こしたソイツがどれほどの脅威なのかということだな……いざとなれば引率者のクロウスを引きずり出すこともできるだろうが、誰がこのことを伝えるのかという問題もある。クロウスも察知していると思いたいが）

さすがにそれは甘すぎるか？　と思い耽るツグナ。カリカリと頭を掻きつつ、コクヨウに「引き続き調査を頼む」と告げてその夜は更けていった。

そしてとうとう、試験最終日を迎えたのだった。

◆◇◆◇◆

「ツグナっ！」

掛け声と共に、ソアラが地に拳を叩きつける。グローブの甲に仕込まれた魔鋼はソアラの魔力に反応し、強靭な糸へと変化した。魔鋼糸は地の中に潜り、一直線に離れた所にいる敵へと向かって行く。

ツグナは左腰に差した刀を抜き、弾かれるように飛び出した。その前にはフェアウルフが五頭、一人で向かって来たツグナを格好の獲物と捉えて臨戦態勢を整えている。

だが、それはいささか遅すぎた。

「ガルルルゥウウ！」

両者の接触まであとわずか、というところでソアラの技が発動。フェアウルフたちの足元から突如として幾本もの糸が姿を現し、その動きを封じた。

——天鋼鎖縛《てんこうさばく》。

魔鋼糸という特殊な技を駆使するソアラは、こうした後方からの援護に最適だった。フェアウルフは単体で見ればF+程度の危険度である。だが、これが群れとなった場合、その難易度は一気にEへと跳ね上がる。

群れたフェアウルフはその俊敏性と連携を武器に相手を翻弄、撹乱する。初心者からすればなかなかに難易度の高い相手だが、こうして動きを封じてしまえば後は楽である。

「大人しく狩られとけ――百花繚乱《ひゃっかりょうらん》っ！」

技の名前を唱えたツグナは、フェアウルフの中を駆け抜けていく。そして血振りを行って納刀した瞬間、後方にいるフェアウルフの身体に血の花が咲き乱れた。

ツグナの持つ刀術スキル、百花繚乱。これは「斬る」ことに特化した技だと言えよう。ただフェアウルフの群れの中を駆け抜けただけに見えるが、その間にツグナは夥《おびただ》しいまでの切り傷を相手に与えている。駆け抜けた頃には、相手の身体の至る所から出血、大地に血の花を咲かせる。

（す、凄い……）

遠くからその様子を見ていたソアラの中に、ふとそんな感想が漏れた。動きを封じているとはいえ、相手は五頭の獣だ。数で劣るハンデをものともせず、ツグナは駆けた。そして見えた鮮血の花。綺麗に斬られたその傷口から、今もなおドクドクと血が流れ出ている。それはツグナの持つ技量が高いということを暗に示していた。

技名の優雅さとは反対に、現実にもたらされるのは悲惨な光景だ。だが、そんな技は封印して使わないかと問われれば、ツグナは「否」と答える。

綺麗事を言うだけでは現実は生きられない。ツグナはそれを魔の森での修業を通して嫌というほど味わった。

敵意と殺気を漲らせ襲いかかってくる相手は、全力をもって叩き伏せる。自分の生死が問われる戦場で、ツグナはそれがいかに大切かを学んだのだった。

「お疲れ様。いやぁ、見事だったね！」

草むらから姿を現したソアラが、ニカッと笑いながらツグナに話しかける。ツグナはフェアウルフの討伐証明部位となる尻尾を五頭分刈り取り、残りの部位も含めてアイテムボックスに仕舞い込んだ。

「そっちこそナイスアシストだったな。おかげで楽に戦えたよ」

「い、いやぁ……でへへっ☆」

事前に渡されたプレートには、今討伐したフェアウルフ五頭が加算され、「討伐総計十八」と記載されている。ちなみにソアラの方は「討伐総計十六」である。

クロウスの説明にあった通り、二人はプレートの記録を見ることはできない。この閲覧不可の処置は、偽造防止の他にも、自分が戦っている敵に、他人が攻撃を仕掛けて止《とど》めを刺す行為を防ぐ目的もある。敵を多く倒している人間の周りにいれば、それだけでおこぼれをもらえる確率が高くなる。この機能にはそうした強い人物を特定されにくくする意図も隠されていた。

この時点での二人の成果の合計は、フェアウルフが計十二頭、ゴブリンが計十頭、ウィスプウッドが十二匹であった。

「……どうしたの？　プレートを見たまま黙っちゃって」

「うん？　あぁ。やっぱり変だなって感じててさ」

「変ってどういうこと？」

ソアラは狐耳をパタパタと動かしながら、首を傾げて訊ねる。思わずその耳に触りたくなる衝動を抑えつつ、ツグナは昨夜聞いたコクヨウの報告をふまえて自分の考えを話し始めた。

「いや、俺はもう少し時間がかかると思ってたんだよ。だって一人十五匹だぜ？　いくらなんでも接敵するペースが多過ぎないか？」

「う～ん……確かに言われればそうかもしれないね。それにこれまで戦った魔物や魔獣は、な～んか必死さが窺えたような気もするなぁ。目が血走ってたし、どこか怯えてたようにも見えたなぁ」

人差し指を顎に当て、これまでの戦闘を回想するかのようにぽつぽつと話すソアラ。

「だろ？　なんだかおかしくないか？　目標はクリアしたし、一度戻って――」

クロウスにでも報告して対応してもらおう、と話そうとしたその時。上空から一つの影がツグナの肩に舞い降りた。

「なっ、何それっ！」

驚いて思わず臨戦態勢を取るソアラを尻目に、ツグナは肩に止まった影――コクヨウを見た。

「突然お話に割り込みまして申し訳ありません。至急お伝えしたいことがございまして」

「了解。んで？　用件は？」

先を促すツグナに応え、コクヨウは滑らかな口調で話し始めた。

「ここから南に二百メラ離れた場所に、この異変を引き起こした元凶がいる模様です」

「二百メラか。すぐ近くだな……」

「はい。そして、その正体でありますが――アレはおそらくキメラ、かと思われます。突然変異かはたまた何者かの陰謀かは測りかねますが、別の生き物を吸収し我がものとする特徴を持つ魔獣のようです。既にこの森の多くの生き物を吸収しているのか、上空からでもその異様さが目立ちました」

「何っ⁉」

どうしてそんなものがこの森に……という疑念は拭えないが、今はそんなことを考えても仕方がない。

（どうする？　クロウスに伝えに行くか？）

報告を聞き、ツグナは対応策を検討するが、今いる場所は森の中心部であった。クロウスに伝えるにしても時間がかかり過ぎるため、被害が拡大してしまう恐れがある。

「どう、するの？」

不意に発せられた声に、ツグナはハッとして顔を上げる。目の前には、状況についていけないながらも「なにか緊急事態が起こっているらしい」と察して困惑の表情を浮かべているソアラの姿があった。

「その黒いのはなに？　それに、キメラって……」

不安げな表情を見せるソアラに、ツグナは諭すようにゆっくりと話し始める。

「コイツはコクヨウって言うんだ。大丈夫、安心してくれ。悪さはしないから」

「う、うん……」

コクヨウの首をコリコリと撫でながら話したツグナの姿に、ソアラの表情に安堵が見えた。

「それで、そのキメラっていう生き物がこの事態を引き起こした原因みたいだ。コイツの報告によれば、既に近くまで来てる。間もなくこっちにもやってくるだろう」

「それじゃあ一刻も早くクロウスさんに……！」

ソアラの意見に、ツグナは首を横に振って答える。

「俺もそれは考えたさ。でも、クロウスさんは俺たちを監督し引率する立場の人だ。何らかの異変は感じていても、すぐにこの事態に対処するのは難しいだろう。怪我をしている志望者の面倒を見てたりするかもしれないしな。いくら冒険者は自己責任の職業とはいえ、彼のもとに集っているのは俺たちと同じ仮登録者だ。まだ本登録を終えていない現状では、街の住民と扱いは同じさ。ギルドの面子《めんつ》を考えても、そんな街の住民と同列の志望者たちを危険な場所においそれと入れたりはしないだろうし。あの場所から動けないなら彼にはどうしようもない」

「じゃあ、私たちが他の志望者たちに伝えるのは？」

「この森を駆けずり回ってか？　どれだけの時間がかかると思うよ。その間にも被害は拡大するぞ？」

「それじゃあ、どうするの⁉」

思わず泣き出しそうになったソアラを見たツグナは――

「とりあえず、お前だけでも逃げとけよ」

ぽすっ、と右手をソアラの頭の上に置いた。

「ふえっ？」

あまりにも突然の、ツグナの優しい気遣いにソアラの声は裏返ってしまう。

「ここにいる志望者たちじゃあ荷が重すぎるだろ。朝も夜も魔物や魔獣を追い駆けては狩ってるんだ。疲労や怪我でこの森を探索していたら、だいぶ厳しい相手だろう。反対に、じゃあこのまま野放しってわけにもいかない。誰かがやらなきゃいけないんだ。俺だったら何とか――なるかもしれないから、まぁ……ちょっくら頑張ってみるわ」

（手段が無いわけじゃない。俺の魔法――魔書の中にいるアイツらの力を借りれば何とかなる……か）

心の内でそうした算段をつけつつ、手を離したツグナは優しげに笑ってそう告げる。こうしている間にも敵は近づいていることだろう。もはや一刻の猶予もない。ツグナは敵の来る方角へと向きを変え、背後にいるソアラに呟く。

「んじゃ、ソアラは戻ってクロウスさんに報告を――」

「イヤ」

返って来たのは、拒絶の言葉と手のひらから伝わる温かなぬくもりだった。

「イヤって、おい」

「だって、ツグナは絶対無茶するから」

ギュッと右手を握ってくるソアラの手からは、温かさと震えが感じられる。心配、不安、恐怖……様々なものが混じり合うソアラの感情が、手を通して濁流の如くツグナに流れ込んでくる。

(う～ん……マズったか？　こりゃ、テコでも動かない感じだぞ)

カリカリと左手で頬を掻きながらツグナは思案にくれる。もう残された時間はなく、事態は緊急を要する。ならば――

「ったく、無茶するのはお互い様だろうに……そんじゃ、しっかり援護頼むぜ？」

ため息をつく代わりにそう呟く。ソアラは手を離すと、目尻にうっすらと浮かんだ涙を拭って、母から譲り受けたグローブを握り締めた。

「んじゃまぁ……行きますか!!」

「うん！」

その掛け声と共に、ツグナとソアラはこの異変を招いた元凶を倒すべく、行動を開始したのだった。

第17話　ツグナの仲間

「これはさすがに予想外だな……」

ツグナは視線の先にあるもののあまりの異様さに、思わずそう呟いていた。

その姿はこの森でよく見かけるフェアウルフに近かったが、細部は大きく異なっていた。

フェアウルフは狼に似た魔獣で、くすんだ灰色の体毛にエメラルドの目が特徴である。だが、今ツグナたちの目の前にいるフェアウルフ「らしき」生き物には、脇腹から木製の鞭が伸び、背には緑色の腕が四本生えている。灰色の体毛には所々緑と茶色が混じり、毒々しい色を成している。

そして――

「うぐっ……」

ツグナの後方にいるソアラが、手を口に当てて吐き気を抑えた。そのくぐもった声を耳にしたツグナはため息をつきたい気持ちを呑み込み、心の底で「気持ちは分かるなぁ……」と呟く。

その狼の各所には、いくつもの「顔」が貼り付いていた。ゴブリンの顔にフェアウルフの顔、そして人間の顔までも。

「ギギャアアアァァ……！」

「あ゙あ゙あ゙あ゙あ゙あ゙あ゙」

「ウグルゥアアァァァ！」

貼り付いた顔からは、雄叫びにも似た声が重なるように上がる。ぐちゃぐちゃと様々な音が絡み合い、言い知れぬ不快感と嫌悪感で心をかき乱される感覚がツグナを襲う。

「しっかりしろ！　目を背けたらヤツらのお仲間になるぞ」

「う、うん」

ツグナは自分にも活を入れるように、はっきりと告げる。

ソアラもそれで落ち着きを取り戻したのか、なんとか返事をして気持ちを入れ替えた。

「さて、と。ソアラ、ちょっといいか？」

ツグナは視線を敵へと向けたまま、ゆっくりとソアラに話しかけた。

「な、なに？」

「これから俺がすること――誰にも言うなよ？」

「へっ？　う、うん。分かったケド……一体何――」

ソアラは最後まで言い切ることができず、呆けたように口を広げ、目を見開いてしまった。

なぜなら、自分に背を向けているツグナの左腕から、黒いオーラを纏う本がずるりと生えてきたからだ。

「ひっ、ひぁ……！」

「さぁて、魔力も十分だし、今回は豪華メンバーでいくとするかな……出て来い、『リル』『フランメル』『サクヅキ』っ！」

ツグナの左腕から引き抜かれた黒いオーラを放つ本――魔書《クトゥルー》。ツグナはどこか嬉しそうに笑いながら、その本から自身が創造した者たちを呼び出した。


（なんなの、これ……）

突然の事態についていけず、崩れ落ちそうになる気持ちを何とか立て直し、ソアラはそんな言葉を胸中で吐露していた。

ツグナが何事か告げた瞬間、光の粒子が集まり三つの塊が形成されたのだ。その粒子が散ったと思ったら、ソアラの眼前には見たこともない二人と一匹の姿があった。そんな驚くべき出来事の連続に、思わず身体がふらついてしまうのも致し方ないだろう。

「にまにま☆　アレが主の前に立ちはだかる敵っ！　なワケか……こうして見てみると、実に骨の髄《ずい》まで研究したくなる対象だね★」

くすくすと笑いながら、さらりととんでもないことを呟いたのは、白衣姿の小さな少女だった。背中からコウモリに似た黒い羽を生やし、紫のツインテールに片眼鏡《モノクル》という格好のその少女は、

「ほぅほぅ、なるほど～」とどこか場違いな空気を放っている。

「ったく、フランは新しいものに目がねぇな。俺は早く叩っ切りたくてしょうがねぇよ。もぅ俺だ

けで片付けちまおうか？」

顔を引きつらせるように大仰《おおぎょう》に仰《の》け反《ぞ》ってそう話すのは、ツグナより少し背の高い男の子だ。両の手にそれぞれ赫《あか》色を宿す剣と蒼《あお》色の光を放つ剣を持っている。体格的にはがっしりとした男の子にも見えるが、本当は人間でないと容易に判断がつく。なぜなら、肌は赤銅色、額には二本の角が生えているのだ。

「お前は本当に血の気が多いな、サクヅキよ。少しは主のために働かんか」

たしなめるように呟いたのは銀色の毛並みをした狼であった。その狼の背に先ほどからツグナの頭上を飛んでいた黒い鷹――コクヨウが止まり、「全く、少しは自重してほしいものですな」とうんうん頷いている。

ツグナは銀の狼――リルの頭を撫でながら、苦笑を漏らした。

「ったく、お前ら……ちょっとは緊張感を持てよな」

そう言いつつ、左腰の刀を抜いて臨戦態勢へと移るツグナ。深呼吸をしてから、彼は掛け声をかける。

「フランは敵の戦力分析！　リルとサクは俺と一緒に来い！　コクヨウは上空から俺たちを援護しろ！　そして、ソアラは遠距離からの援護を頼む！」

「「「我が主の仰せのままに！」」」

「わ、分かった」

どこか愉快そうに返すリルたちと、必死に返すソアラ。返答を耳にしたツグナは、先陣を切って駆け出していった。

目の前に突如として現れた者たちを警戒しているのか、キメラはじっと様子を窺っている。だが、それぞれが得物を手にやってくるのを見て、身体に生やした木の鞭を伸ばし、真っ直ぐにツグナに襲いかかった。

「援護は任せてっ！」

そんな声がツグナの後方より聞こえてくると同時に、ソアラの魔力を帯びた魔鋼糸が鞭の行く手を阻むかの如く絡み付く。言わずもがな、ソアラの魔鋼糸術——天鋼鎖縛である。

「ぐっ……なんて力なのっ⁉」

さすがにパワーは相手の方が上だったらしく、ソアラは額に汗を浮かべ、押し止《とど》めるので精一杯という状態だった。絡む糸を引き千切ろうとする鞭とあらん限りの魔力を流して対抗するソアラ。

そんな綱引きも、やがては両者の均衡は徐々に崩れ、ブチブチと音を立てて魔鋼糸が切断されていく。

「も、もぉ限界っ……！」

そんな言葉を発したソアラに救いの手が伸ばされる。

「うっらあぁぁ！　邪魔だあああぁぁぁ！」

猛々《たけだけ》しい声を張り上げ、サクヅキと呼ばれた少年が両手に持つ二刀の剣で鞭を切り落とす。切断面は鏡のようにつるりとしており、一方には炎が宿り、他方には氷が纏っていた。

相反する性質を持つこの二振りの剣。銘は、赫色の剣が「コズミックレイド」で、蒼色の剣は「クリアリエラ」という。どちらもツグナがサクヅキを描いた際に「設定」として装備させた剣である。

性能としては「魔剣」などと呼ばれるレベルの高い代物と同格で、サクヅキがその気になれば鋼鉄でさえも紙のように切れる。

「ぐっはあぁぁ……危なかったよぉぉ……」

ぐったりとするソアラの横には、片眼鏡《モノクル》をギラリと輝かせながら敵を眺めるツインテール少女がいた。

「さぁて、骨の髄までグリッと見せてもらうよぉ～★」

ニヤニヤと嬉しそうに片眼鏡を上げたフランは、自身の有するスキルで分析を開始した。

フランメルの持つ固有スキル――「詳細情報解析」。これはツグナの持つ「異界の鑑定眼」のアップグレード版とも言える代物である。魔力のリンクを通じて解析結果を仲間に送ることもでき、リンクが確立されていなくとも、接触すれば結果を受け渡せるかなり……いや確実にブッ飛んだ仕様のスキルである。

共有された情報は各人の視界の隅に表示される。そこには平面の情報だけではなく、まるで3Dスキャン画像のような立体構造までもが添付されていた。

属性

名前　：　キメラバイト

ランク：　C+

レベル：　37

種族　：　—

ステータス

体力	3217/3217	敏捷	212
魔力	3315/3315	精神	224
筋力	258	器用	190
耐久	247		

スキル

火系統魔法……Lv.2
［+ファイヤーボール］
［+フレイムランス］
風系統魔法……Lv.2
［+ストーム］
［+ウィンドカッター］
剛力
咆哮
ウィップウッド
魔闘技……Lv.2

固有スキル

吸収
再生

特性

種族特性
［吸収］
取り込んだもののスキルを使用できる
吸収したもの
［ウィスプウッド　2体］
［ゴブリン　4体］
［フェアウルフ　3体］
［人間　2体］
特徴及び弱点
［体内にある結晶核《コア》を破壊されると死に至る］
［結晶核を破壊されない限り何度でも再生可］

フランは情報解析を終えると、もはや興味を失ったような目をキメラバイトへ向けながら、ぐったりとへたり込んでいるソアラに抱きついた。

「詳細データは送ったよぉ～。後はヨロ♪」

「オイ、コラ。なに一人でまったりとくつろいでやがる！」

「うっさい。私は後衛補助が専門なの！　文句言うヒマがあるならさっさと倒せ、バカヅキっ！」

自分の狐耳を弄《もてあそ》びながらなんとも軽くサクと会話を交わすフランの声を聞きつつ、ソアラは呆けた顔を目の前に向けていた。

「なに、コレ……視界の隅に……敵の——ステータスとスキル？」

ぎこちなく紡がれるソアラの声。抱きついていたフランは彼女の肩にぽすり、と顎を乗せて説明を始める。

「そっ。これが私のもつスキル、『詳細情報解析』の力だよ。ステータスに限らず、その者の特性、弱点、果ては身体の構造まで分かるの。なかなか便利なスキルでしょ」

「便利、って。そんな言葉で片付けられるものじゃないと思うけど……」

ニマニマと笑みを貼り付かせた顔ですりすりと頬ずりするフラン。一方のソアラは今の説明と目の前の光景から、一つの答えを導き出す。

「これって——ユニーク、なの……？」

魔法を使う者ならば、一度は聞いたことのある言葉。存在自体は確認されているものの、ほんの一握りの者にしか発現しない稀少で特別な力。

(これがもしユニーク魔法なら……ツグナはどうして冒険者に――)

ぼんやりとそんなことを考えながら、ソアラは前方で刀を振るう少年の後ろ姿に目を奪われていた。

「うっらあああぁぁ　行くぜぇ！　――燎原氷獄《りょうげんひょうごく》」

タン、と軽やかに進み出たサクヅキが、赫色と蒼色の残光を撒きながらキメラバイトの鞭を細切《こまぎ》れにし、本体へと肉薄する。

「ウグルアアアアァァ！」

だが、やはり本体へ切り込むのにはそれなりに苦労するようで、背から生えた四本の腕が行く手を阻む。その緑の手には、吸収された者が持っていたのか、棍棒や錆びた戦斧《せんぷ》などが握られていた。

「チィッ！　この腕は厄介だな……」

回避するサクヅキはそんな苦言を呈しつつも、振り下ろされた棍棒をコズミックレイドで叩き斬る。

「どけっ、サク！」

すぐ後ろから聞こえてきた声に、サクヅキは何も言わずに道を空ける。その顔には不承《ふしょう》不承《ぶしょう》、といった表情が出ていたが、声の主はそんなことを気にも留めずに一撃を繰り出した。

「こんな哀れな姿になりおって……逝《い》かせてやる——白嵐槍《はくらんそう》っ！」

サクヅキの背後から姿を現したのは、銀の狼リルだ。吠え声と同時に、思わず目を伏せたくなるほどの白い光を放って、巨大な一本の槍へと姿を変える。

仄かに青白い光からはバチバチッと弾ける音が聞こえ、音速を超えるかのような速さで獲物に向かって飛んでいった。

「グガアアァァァ！」

キメラバイトは青白い突撃槍を握り潰そうと腕を伸ばす。だが、触れた瞬間に襲いかかる高熱と身体を駆け巡る痺《しび》れに、思わず叫び声を上げた。

それだけならば腕の一本を犠牲にすれば防げるようにも思われるが、この魔法はなかなかにえげつない攻撃である。解《ほど》けるように槍の形が崩れると、轟音と無数の風の刃がキメラバイトを襲った。

白嵐槍はリルの持つ攻撃スキルのうちでも、上位に位置するものである。雷の槍が対象に突き刺さると同時に槍を中心とした暴風が形成され、対象を細切れにする恐ろしい魔法だ。

言うまでもなく、これは雷系統魔法と風系統魔法の複合魔法である。二系統《ダブル》以上の適性を持つ魔法使いであっても、誰もが複合魔法を使えるというわけではない。複合魔法はかなりのセンスを要求される高度な技術であり、使えるというレベルに達するためにはよほどの修練が必要である。

リルの場合、そんな高等技術を易々と使えるのは紛れもなく、ツグナがそう「設定」したからでである。ツグナとしては、「二系統の魔法を合わせるのだって、できて当然だろ」と考えていた。だが、シルヴィに「なんでそんなに軽々しく決めるかなぁ……」と半ば気落ちさせながら話を聞かされ、もう少し自重しようと心に決めたものだ。

嵐が過ぎ去ると、その中心地点には一体の大柄な狼の姿があった。だが、その姿はあまりにも惨めで、見る影もなく弱々しい存在と化している。

「ウグルアアアァァ」

口からはボタボタと赤黒い血を流し、四本あった腕のうち三本は炭化またはもぎ取られて消え去っている。

このように身体は満身創痍でも、その瞳に怯えは見られない。むしろ爛々と瞳を輝かし、敵を喰い殺す瞬間を楽しみに待つかのように低い唸り声を漏らす。

「ウグガアアアァァァ」

「ギギャアアアァァァ」

傷だらけのキメラバイト。その腹部に浮かぶ顔から、突如として叫び声が上がる。叫び声に混じるかのように、「ボコン、ボコン」と新しい肉が追加され、再生が始まった。再生中に聞こえてくる悲鳴と怨嗟《えんさ》の声、そして傷を癒す敵。まさに目を背けたくなる光景である。

一方、悠長に待ち構えているようにも見えるリルたちであったが、怒涛《どとう》の攻撃は決してなりを潜めたワケではない。

「──ふむ。そろそろ私の出番ですかな？」

優しげに響く声がツグナの頭上から聞こえてくる。高貴な鳴き声と共に姿を見せたのは、優雅に翼を広げる黒き鷹のコクヨウである。

「貫き、その身を焦がせろ　──黒翅炎《こくしえん》」

呟いたコクヨウの翼から、無数の黒い雨がキメラバイトを襲う。一つ一つの羽に黒い炎が纏わり、キメラバイトの周囲を灼《や》き尽くすかのように炎が上がった。

「あぁ、消そうとしても無駄ですよ？　それは対象を滅するまで燃え続けますから」

表情があれば凶悪なほどの笑みを貼り付かせていただろうコクヨウの言葉。彼は次に、自分を生んだ創造主へと声をかけた。

「これで再生速度は落ちることでしょう。決着をつけるなら今のうちですな」

「わーってるよ、言われなくても。とっととこの舞台から退場してもらいますかね」

そう呟いたツグナは魔力を対価に支払い、ユニーク魔法──《創造召喚魔法》のスキルを行使する。

「一緒に行くぞ、サク！　──纏化あぁぁぁっ！」

吠えると同時、傍らにいたサクヅキが霧のように姿を変え、ツグナの身体に纏いつく。赤銅色の湯気が身体から立ち上り、持っていた刀も色合いを変化させていく。

妖魔刀《ようまとう》──赫蒼紫刀《かくそうしとう》。名に赫・蒼・紫の色を三つも冠するこの刀は、銘こそ美しさを宿すものの、その見た目は見た者が思わず仰け反ってしまうほど禍々しい。

紫の刀身に走る血管の如き管の数々。赤と青のその管は、互いに互いを喰い殺さんばかりの意思さえ感じさせる。

ゆらりと身体を揺らせて、ツグナはキメラバイトの目の前に躍り出る。毒々しい刀を持ち、赤銅色の湯気を上らせる様は、不気味さを通り越して恐怖すら抱かせる。

「どうやってお前が生まれたのかは知らない。お前を生み出したことに何の意味があるのかも分からない……ただ、これだけは言ってやる——安心して逝かせてやるよ」

ふと哀悼の意を示したツグナは、刀を眼前に掲げて静かに呟いた。

「跡形も残さず、綺麗に散っとけ——一閃万破《いっせんばんぱ》」

弾かれるように前へと走り出した瞬間、蹴った地面が音を立てて沈み込む。ツグナの持つ刀術スキル、その一つである「一閃万破」は同じ刀術スキルの「百花繚乱」とは異なり、「突き」をメインにした技である。

だが、今のツグナが放つ「一閃万破」はただの突き技には収まらない。

「うらあああぁぁぁ！」

黒い炎を躍らせる敵に、ツグナの刀が突き刺さる。その瞬間、赫蒼紫刀が恍惚に身もだえるように、ドクンとその身を跳ね上げる。

刀身から赫き竜と蒼き竜が姿を現し、その顎門《あぎと》を開けて獲物を喰い殺す。ツグナはその様子を視界に入れつつ、技を繰り出し続ける。

「ウガアアアアァァァ……！」

「あああああぁぁぁぁ！」

吠え声が重なり、肉を斬る感触が刀を通じてツグナに伝えられていく。転生前の彼ならば、嫌悪感を抱いたであろうが、今は特に抵抗を感じることはない。生きるために、障害は全力で排除する。敵は叩き潰す。あの森での修練はツグナの技や体力だけでなく、心までもを強く育てていた。

最後の一突きが繰り出された瞬間、何かが砕ける音がその場にいる者の耳朶《じだ》を打った。

ズザアアァァ、と大地を滑るように距離を空けたツグナは、荒い息をつきながらキメラバイトに目を向ける。

「グ……ガ……」

纏っていた黒い炎は沈静化し、キメラバイトはぐりんと目を剥いた。そして大地を揺らして倒れると、どこか嬉しそうな表情で砂塵《さじん》へと帰っていく。

「ぐっ……はぁはぁ……だあああぁぁ！　つっかれたああああぁぁぁ！」

安全を確認したツグナは、大声を上げてどかっと崩れるようにその場に座り込む。纏化が解除され、同じくぐったりと四肢を投げ出すようにサクヅキも寝転がる。

「大丈夫⁉」

「だ、大丈夫か主っ！」

「いやぁ、お疲れだったね☆」

「いやはや。少々肝が冷えましたぞ」

ぐったりとするツグナを心配したのか、ソアラたちが駆け寄って来た。ツグナは心配そうに様子を窺う三人と一匹の姿に微笑を浮かべる。

「なんとかなったけど疲れたわ。つーか腹減ったぁ～」

ツグナがあっけらかんとそんなことを告げると、森の中にどっと笑い声がこだました。

第18話　顛末と登録

その場でしばらく休むと、ツグナとソアラは森の入口へと向かった。既に試験で課されたノルマは達成済みで、そろそろタイムリミットとなる夕方になろうかという時刻であったからだ。

もちろんリルたちは魔書の中へと戻しておく（その際は皆、もの凄くつまらなそうな表情だった）。そして歩き出そうとしたその時、ソアラが地面に転がるそれに気付いた。

「うん？　どうしたんだよ？」

「ねぇ。これってあのキメラの核……なのかなぁって」

キメラバイトはツグナに倒されると、その身を砂塵へと変えて散って行ってしまった。だが、その核となっていたものは、罅《ひび》だらけであったもののなんとか原形を留めていた。

「あ〜、砕けてるな。まぁしょうがないけど……とりあえずアイテムボックスに突っ込んでおくか。にしても、素材もとれないって割に合わないよなぁ〜」

ツグナはソアラから結晶核を受け取る。なんらかの素材が確保できれば、売却なりして金を工面できただろう。だが、残ったのがこの小さなクリスタル状の何かのみであれば、費用対効果が悪すぎると少しばかりの不満も出てしまう。

「それはそうだけどさぁ……なんでこう倒したことを素直に喜べないのかなぁ」

「う〜ん。まぁ勝てたのは嬉しいけどさ。でも、なんらかの見返りは欲しいなぁと。これだけ苦労しても『何も得られませんでした』じゃあんまりだしな。それに……」

「それに？」

言い淀むツグナに、ソアラは首を傾げつつ訊ねる。ツグナはため息と共に腰に差した刀を引き抜いたのだった。

「あの核を砕いた時だろうな……ほら、刀身に罅が入ってるだろ？」

「どれどれ……うぁ、ホントだ」

ソアラはツグナに促されて刀身を見つめた。そこには鮮やかな波紋を横切るような罅がいくつも走っていた。

「やれやれ。こりゃあ先にコイツをなんとかしないと……まともに依頼もこなせなくなりそうだぞ」

げんなりと肩を落としたツグナは、再び鞘に刀を戻すと、ため息を一つついて歩き始めた。

◆◇◆◇◆

「あぁ、よかった。二人とも、無事みたいですね」

森から出たツグナたちは、クロウスに依頼を達成したことを報告した。カードを提示し、討伐証明部位を渡す。フェアウルフの尻尾、ゴブリンの右耳、ウィスプウッドの枝。かなりの量になったそれらにクロウスは「ほほぅ、よくもまぁこんなに」と呟きつつ、淡々と袋の中にしまい込む。

「それにしても、無事で何よりでしたよ。森の中で何かしらの異変があったようでしたから。私はここを動けませんでしたし」

それに、とテントの中にちらりと視線を移すクロウス。二人も倣《なら》うようにその先を目で追って行くと、中には大怪我を負った志望者が大勢いた。

「引率者として、怪我人を置いたまま離れるわけにはいきませんでした。二人が帰ってくるのが遅かったので気にはなっていたんですが……こうして無事でしたし、依頼も達成しているようで頼もしい限りですね」

「はぁ、そうですかね」

ウキウキとしているクロウスとは対照的に、ツグナは冷静な目で辺りを見回していた。ツグナたちと同様、無事に依頼を達成し帰還を果たした者もいたのだが、その者たちは疲労困憊《ひろうこんぱい》といった体《てい》で木々に寄りかかるように休みをとっている。昼は依頼達成のために森の中を駆けずり回った一方、夜は夜で魔獣共との接敵が多く、ろくすっぽ眠ることもできなかったのだろう。

過酷な状況に加えて、今回の異変。他の志望者は事の真相を知らなかっただろうが、割を食ったのは確かだ。

（それにしても……ここまでやるかね、フツー）

その光景はさながら野戦病院である。包帯を至る所に巻かれた怪我人と、ぐったりと地べたに腰を下ろす者たち。この光景を想定した上で依頼を出したのならば、やはりあのギルマスには「ドS女王」というあだ名が一番しっくり来るな、と心で呟くツグナだった。

◆◇◆◇◆

「さて。では戻りましょうか」

明けて翌日、森の入口で一晩を過ごしたツグナたち志望者とクロウスは、リアベルの街へと向かった。昨晩はクロウスと、そんなに疲労していなかったため駆り出されたツグナとで見張り番を行ったが、ここ数日見られた異変はなく、ただ静かな時間が過ぎていくのみであった。

夜間の活動個体については、大幅な減少が見られた。マップスキルを通してそれを確認し、どうやら落ち着きを取り戻したのだろうとツグナは判断したのだった。

(やれやれ。色々あったけど何とか乗り切れたな……でも、これでやっとスタートラインに立てたって感じだ)

冒険者登録を行い、一か月一人で暮らす。それがリリアから出された試験の内容である。

冒険者になって、どうやって暮らしていくのか。つらつらと未来の自分を思い描きながら歩くツグナの視線の先に、リアベルの街並みが見えてきたのだった。


リアベルの街に着いたクロウスは、志望者たちを引きつれてギルドへと向かった。それから最初に説明をされたホールに入ると、依頼達成者のみにカードを手渡し、カウンターで手続きを行うようにと告げた。

それを終えるとクロウスは「サブマスとして仕事が溜まってるんで」と苦い表情を浮かべながらそそくさとホールから出て行き、ツグナとソアラに手を振って別れた。

カードを渡された二人は、「まだ今日は夕暮れまで時間もあるし」と、早速登録手続きを行うことにした。

「まさか、ホントに達成するとはねぇ～」

ツグナにそんな声をかけながらカウンターを挟んで登録作業を行うのは、ギルドの看板受付嬢兼ギルドマスターのユティスである。すでに時刻は昼に差しかかっていた。ギルド内が閑散とする時間帯でもある。そんな状況だからか、いつもの慈愛に満ちた営業スマイルはなりを潜めていた。

「達成していなかったら、そもそもここには来ないだろうに」

「それもそうだ」

淀みなく作業するユティスを見ながら、ギルドマスターが愛想を振りまきながら受付業務をする姿に、猛烈な違和感に駆られるツグナ。だがそんなことを言えば、このドS女王からどんな口撃が飛んでくるか。その恐ろしい想像を頭を振って追い払ったツグナの眼前に、一枚の金属プレートが差し出された。

「これがギルドカード？」

「そう。あとはこれに血を一滴垂らせば登録完了よ」

ユティスに促され、ツグナは手持ちのナイフで指先を切り、血を垂らした。すると、ギルドカードの縁がわずかに赤く光った。

「これで登録は完了ね。この際だから職種《ジョブ》も設定しておく？」

「ジョブ？」

「あらっ？　聞いたことないの？」

「詳しくは知らないだけだよ」

思わず眉間にしわが寄るツグナに、ユティスは「登録する前に知ってる人もいるんだけどね」と前置きをした上で話し始めた。

「ジョブっていうのは、その人の『適職』を表したものよ。例えば戦士や魔法使い……といったものね」

「魔法適性の職業版とでもいったようなものか」

なるほどと納得顔を見せたツグナに、ユティスもこくりと首を縦に振って応える。

「そうね。ギルドとしては登録に来た人には何らかのジョブに就くことを推奨しているわ」

「ギルドが？　それはまたどうして？」

自分が望むならまだしも、ギルドが推奨していることにツグナは意外な表情を浮かべた。「聞いたことがなさそうだし、無理もない」とユティスは併せてその効果についても説明を行った。

「メリットとしては主に二つ。一つは、ジョブの特性に合ったスキルを覚え易くなることやステータスが上がり易くなることね。二つ目は役割分担の明確化ね。これはパーティを組んで行動する際に、それぞれのジョブを知っておくと互いの長所を活かして短所を補える場合が多いからよ」

「へぇ～。ジョブに就くとスキルやステータスに恩恵があるのか」

「言っておくけど、どんなジョブに就けるのかはランダムだし、ジョブごとにどんな効果があるのかも完全には解明されていないわ。大まかに戦士などの前衛職は筋力《STR》や耐久《VIT》、魔法使いなどの後衛職は精神《MID》や器用《DEX》が上がり易いとされているぐらいね。覚えられるスキルも人によってまちまちだし」

期待し過ぎても困るとでも言いたげに、軽いため息をつきながらそうユティスは告げた。確かにギルドがジョブの推奨をしているとは言っても、それで全ては上手くいくとはならない。それはあくまで補助的要素であって、結局は地道にレベルを上げていく以外に成長はないのだ。事実、ジョブを獲得した冒険者でも死ぬ時は死ぬということに何ら変わりはない。

「ふ〜ん。そんなもんか」

「で？　どうするの？」

「まぁついでだし、丁度いいかもな」

「それじゃあついてきて。職種の設定はここではできないから」

ユティスに案内された先は、尋問された際の部屋と同じ広さぐらいの一室だった。その部屋の中央には、大きな深緑色の石版が鎮座していた。

「それじゃあ、ここに両手を置いて。しばらくすると適性のある職種が表示されるから」

指示されたように、石版の端に手を置くツグナ。すると、石版全体に青白い光が宿り始め、青白い文字が躍っていく。

「な、なにこれ……」

石版を見つめていたユティスは、表示された文字に唖然とした。

——創造召喚師

そんなたった一語だけが石版に映し出されている。

「し、新ジョブっ⁉」

くらりと揺れながらもなんとか気持ちを鎮めたユティスは、ギラリと目を光らせてツグナの方に向き直った。

「どういうこと？　こんな子供が新しいジョブ？　信じられない……」

「えぇ～っと、つまり……？」

おずおずと訊ねたツグナに、ユティスは取引を持ちかける。

「どんな能力があるか、あとで情報を教えてくれない？　金貨十枚でどう？」

「金貨十枚？　どうしてそんなに高く？」

「新しいジョブはそれだけで価値を生むのよ。詳しい情報が得られれば、多方面の関係者に売りつけられるし」

「そんなことは子供に言うもんじゃないと思うけどな……」

金の絡む話に、若干呆れた顔を見せたツグナ。だが、対するユティスは意外そうな表情を浮かべた。

「あら。こういったことはキチンと話しておかないとね。後で問題になって困るのはお互いに避けたいでしょう？」

さらりと告げられ、ツグナは肩をすくめる。

「……分かった。けど、取引は無し。情報も公開しないから」

「えぇ～っ？　酷くない？」

「酷いって、当たり前だろ。面倒なことは御免被りたいんでね」

ツグナとしては、ユティスが示した取引は魅力的なものにも思えた。ただ情報を渡すだけで金貨十枚という大金が手に入るのだ。だが、それで「ユニーク魔法使い」として知られることだけは避けたかった。新しいジョブが知られれば、同時にツグナの存在が広く伝わってしまう恐れがある。国や貴族からいいように使い潰されたくないツグナにとって、ユティスの取引は最初から拒否一択しかなかった。

「チッ。まぁいいか。そんなに期待はしていなかったし」

若干の不満を見せたユティスではあったが、慣れた様子でカードを更新する。

「はい。それじゃあこれで登録は完了ね。それじゃあ手短にギルドのシステムについて教えておくわ」

「了解」

カードを受け取ったツグナは、さくさくと進行させようと軽く頷いて先を促す。

「ギルドには個々人に『ランク』を設けているの。下からF-～A+、そしてSランクね」

「ランク？　それって設ける意味があるのか？　冒険者は冒険者だろうに」

ハッキリとした階級をつけられることに抵抗感があるのか、訝しみながらもツグナはそう呟いた。

だがユティスの方は首を横に振りながら「きちんとした理由があるのよ」とため息をつく。

「最大の理由はギルドとしての信用を確保するためね。魔物や魔獣にはその危険度に応じたランクが設定されているわ。その危険度に対処できる人間、つまり経験と技量を兼ねた人材を割り振らなければ依頼は達成できない。もし依頼が失敗したとなればギルドの信頼は失墜し、組織として維持できなくなる。そのためにも必要な措置なのよ。加えて、これはギルドの信用を高めると同時に、この街から貴方のような冒険者を失わないためにも必要なのよ？」

「冒険者を失わせないため？　なぜ？　ギルドは冒険者たちを縛りつけるような組織じゃないと思っていたけどな」

ユティスから告げられた言葉に首を捻るツグナ。冒険者という職業はその性質上、自由で気楽な一方で自己責任の割合が色濃い。魔物や魔獣と闘い、その結果として片腕を失う事態も起こり得る。だが、その責任は基本的に自分でとらなければならない。誰かが助けてくれるわけでもなければ、賠償金が支払われることもほぼ無い、とても厳しい職業だ。ツグナとしては、ギルドとは原則的に冒険者に不干渉の立場だと思っていた。そんな彼にとっては、この疑問は至極自然なものだと言えるだろう。

「確かにギルドは基本的には冒険者には不干渉・中立の立場を貫くわよ？　けれど、それが全てではないのもまた確かね。このランク制度は冒険者の数を一定数確保する意味合いも持っているの。彼らの絶対数が少なくなれば、それだけ未達成の依頼が溜まっていく。依頼を出しても長期間放置するようなギルドには誰も頼ろうとはしない。それなら別のギルドに依頼を出した方がいいのは明らかでしょ？　ギルドは別に、魔物や魔獣を討伐する冒険者だけを仲介する仕事がメインではないの。ここには日々様々な依頼が寄せられるわ。商人の護衛依頼や街の住民たちから寄せられる依頼もある。そうした依頼をこなすためにも、各ランクごとに一定数の冒険者は常時必要なのよ。分かった？」

「なるほどな。まぁ俺の方も分かり易い目標があるのは助かるな。単純に頑張れるし」

「そうそう、その意気よ」

新冒険者として晴れて登録を果たしたツグナに、ユティスはまるで愛おしい弟を見守る姉のような顔で微笑んだ。その表情に、周囲のある者は見惚れ、ある者はそれを引き出した少年に妬みの視線を送っている。

「ちなみに、そのランクはどうやったら分かるんだ？」

手のひらのカードを見つめつつ訊ねるツグナに、ユティスはすっとカードの緑を指しながら話し始めた。

「ギルドカードの発する色で分かるわ。Fランクは赤、Eランクは橙、Dランクは黄、Cランクは緑、Bランクは青、Aランクは藍、Sランクは紫ね」

「なるほど。ランクの上げ方は？」

「ランクを上げるには、ギルドでの認定試験があるわ。例えば、F+からE-に上がる場合やD+からC-に上がる場合などね」

「その認定試験を受ける条件は？」

試験、という言葉にツグナの眉がわずかに持ち上がる。さすがに異世界に転生してまでペーパー試験は無いだろうな、と思いつつユティスに確認をとった。

「特に無し、よ。貴方は今日登録したばかりだから、ランクとしては最低のF-ね。けれど、申請すれば今からでもF-からFにする昇格試験は受けられる。ただし、失敗した場合はペナルティとして現状のランクから三ランク降格されるの。つまり、現状E+の人間がD-の昇格試験を受けようとして失敗した場合、ペナルティとしてF+まで下がるってこと。もちろんまたF+からE-になるためには試験を受ける必要があるわね」

「つまり、一度昇格試験に失敗すると、同じ試験を受けるために余計な手間がかかるってことか……」

「そういうこと。それと、効率的に依頼をこなすなら、どこかの『レギオン』に所属することをお勧めするわ」

「レギオン？」

ユティスからの提案に首を傾げつつツグナは訊ねる。

「パーティの拡大版みたいなものね。ある一定数の人間が集まり、依頼をこなしたりメンバーのレベルアップを図ったり……まぁ一種の自治組織ね。大きなレギオンに所属すれば、すぐに名が売れるわよ」

「う～ん。今のところは興味無しだな」

こうして手早く説明を終えたユティスは、ツグナを引き連れて部屋を出た。カウンター越しに「では、またのご利用をお待ち致しております」と営業スマイルを見せるユティスにはツグナも「さすがプロだな」ともはや感心するしかない。それでも、受け取るものは受け取ったし、まぁいいかとギルドを後にしようとした時――

「よぅ、お前みたいなガキが本当に登録できたとはな。このギルドの職員の連中、頭大丈夫かよ？」

ニヤニヤと下卑た笑みを浮かべる剣士が一名、ツグナの前に立ち塞がった。

第19話　因縁決着

「……う～ん。誰でしたっけ？」

ぼんやりと目の前の男を見ながら、ツグナはまず最初にそう言った。

「――はっ？　オイオイ、お前この俺のことを……」

「あぁ、思い出した。ここに来て早々絡んできた人ですね。いやぁすいません。あの時は冒険者に登録することで頭が一杯でしたから。今の今まで忘れてましたよ……で、名前は何でしたっけ？」

「テンメェエエ……おちょくってんのか？　俺は冒険者ランクC-のリュック＝ダグラスだ！　あの

有名なレギオン、『炎熱の覇者』の一人でもある！」

あっけらかんと喋るツグナに、目の前の男――リュックは青筋を立てながらそう叫んだ。対するツグナの表情は先ほどと変わらないものの、二人の間にはどこか不穏な空気が漂う。

周囲の人にもこの二人の会話が聞こえたのか、多くの視線が集まった。

ピリピリする空気にも全く怯えることなく対峙するツグナの姿は、周囲の目には異様なものと映っただろう。

「はぁ、そうですか――だから？」

くりん、と首を傾げるツグナ。ツグナにとっては、「どうしてこの男が絡んでくるのか？」というそもそもの意味が見出せなかったのだ。

「だから、じゃねぇよ、このクソガキが。ガキはおとなしく帰れってんだよ。大体、そんなナリじゃあっさり死んじまうのがオチだろうによ。なんでギルドは登録を認めたのかね？」

自分の方が上だと信じて疑わないのか、余裕ありげに笑みを浮かべるリュック。そんな彼の笑みをツグナはさらりと受け流す。

「そんなに俺が気に食わないのか？　つーか、俺がお前に何をしたってんだよ？　俺のせいで不利益でも被ったならまだ分かるが、ただ単に俺をイジメてウサを晴らしたいだけってんなら――」

そこで言葉を区切ったツグナは、ニヤリと凶悪な笑みを貼り付かせ、こう言い切った。

「お前――ホントに器が小っさいのな？」

瞬間、場の空気が凍り付く。登録したての新人《ニュービー》が、数ランクも上の人間に対してあまりにも非常識を働いた——その場に居合わせた人間は、皆そう思ったに違いない。

「だ、黙れっ！」

リュックは既に堪忍袋の緒が切れる寸前だ。震える手が腰に差した剣に伸び、ひと思いに斬り捨ててやろうかと殺意をばらまいている。

「こっちもいい加減とっとと休みたいんだよ。今思い出したが、お前……俺の師匠を侮辱しただろ？　あの時の落とし前、それなりの対価を支払ってもらうからな」

ツグナはドスのきいた低い声で、静かにゆっくりとそう告げた。

「はっ！　丁度いい。試験も終わったようだし、そこのホールでケリつけてやるよ、このガキが！二度とそんな言葉を言えないようにしてやる」

「それはこっちのセリフだ」

ツグナの方も十分に腹が立っている。特に文句もなく頷いたのだった。


ギルド内にある広いホール。ここは訓練場としての機能を果たしている場所でもある。新調した装備の感触を確かめる場として、あるいは己の技を磨き上げるための場として、ギルドの者なら自由に使用を許されている。

そんな広い空間に、大勢のギャラリーが詰めかけていた。

「ちょ、ちょっと大丈夫なの？」

ツグナの脇には、不安げな顔を見せる狐耳少女のソアラがいた。いつもはピンと立っている耳もだらしなく頭の上にくっついている。

「う～ん。まぁ大丈夫じゃないか？」

あっけらかんと言うツグナだったが、ソアラの表情は晴れない。

「刀、使えないんでしょ？」

「あぁ」

「じゃあ、どうするの？」

彼女の不安ももっともで、ツグナの主武器である刀は今使えない状況なのだ。メインの武器が使えなければ、格上である相手に勝ち目などあろうはずはないと考えての発言だった。

「どうするもこうするも……いまあるのでやるしかないだろ？」

当たり前のように呟くツグナ。そんな彼の返答に、思わずくらりと身体を揺らすソアラであった。

「準備はいいのかよ、クソガキ」

「あぁ、いつでもどうぞ」

間隔を空けて対峙するリュックとツグナ。ツグナはギュッギュと指抜きグローブの感触を確かめ、腰の短剣を引き抜く。ちなみに、刀はソアラに預けておいた。

騒ぎを聞きつけたギルド職員の人間がレフェリー役を務めることとなり、場が言い様のない熱気で包まれていく。集まった者にとってみれば、こんな小競り合いは格好の話のネタになる。いわば、娯楽の一種と捉えられていたのだ。

無暗《むやみ》に怪我人は増やしたくないのか、レフェリーが注意事項を告げる。

（まぁ、コイツは守ろうともしないだろうけどな……）

ツグナはギルド職員の説明を聞き流しつつ、ちらりとリュックの様子を視界に入れた。

リュックの得物は、腰に差したロングソードである。動く度にいちいち目につく華美な装飾が、ツグナにはうっとうしく思えてならない。

職員がコインを弾き、それが地面に落ちたのを合図に、戦闘は幕を開けた。

「うっらぁ！　行くぜっ　――フレイムランス！」

先に仕掛けたのはリュックだった。左手を掲げ、詠唱を唱えるや否や、炎の槍がツグナに襲いかかる。

「……」

ツグナは何も言わず、ただ地を蹴って回避した。炎の槍はそのまま大地に接触すると、轟音を立てて炎熱をばら撒いていく。

「まだまだあぁぁぁぁ！　ファイヤーボールっ！」

炎の槍に続き、今度はオレンジ色に輝く火球の群れがツグナに襲いかかった。だが、ツグナは磨き上げた魔闘技を駆使し、放たれる火球を踊るように回避し続ける。魔闘技によって底上げされた筋力と敏捷性《びんしょうせい》により、動きに淀みなど無い素晴らしい動作であった。

「ただ避けるだけかよ、はっ！　食らっとけ　――二段突きっ！」

フレイムランスとファイヤーボールを囮《おとり》に、ツグナに接近したリュックは会心の突きを放つ。この二段突きは一動作で二回の突きを繰り出す技で、通常は二連撃の技として多用される。しかし、このような対人戦のケースでは第一撃は囮にし、第二撃を本命の攻撃として放つことも多い。だがどちらの突きも、ツグナの短剣の間合いの外からの攻撃である。ツグナはその俊敏性の高さで、第一撃目を紙一重で回避し、すぐに第二撃の迎撃態勢へと移行した。

このようなギリギリの回避をせざるを得ないのも、もともとツグナの方が不利な要因を抱えていたからだ。

魔法が使えない、という点もさることながら、ツグナの得物も不利な点であった。攻撃は相手に届かなければ意味がない。ロングソードと短剣では、リーチ差が致命的とも思える弱点となる。

その点を理解しているのか、リュックの顔には既に勝者の笑みがうっすらと浮かんでいる。そんな相手の表情を目に入れながら、ツグナは軽やかに大地を蹴った――目の前から襲いかかる剣へと向けて。

「なっ――!?」

予想外なツグナの行動に、面喰らうリュック。だが、もちろん突っ込んでくるなら格好の標的となる。リュックはただ無心に腕と剣を伸ばした。互いの距離が縮まり、ツグナの喉元に剣先が届く瞬間――

ギャリリィィ！

甲高く響く金属音がこだまする。ツグナは逆手に持った短剣で襲い来る剣を受け流し、そのまま流れるようにリュックの懐へと飛び込んだ。至近距離ならば、得物の短さは関係がない。むしろこの近さならば、軽さと扱い易さを重点に置いた短剣の方が有利である。

「チェックメイトだ――徒花」

いつもは剣先で突く技を、今回は柄の先で行うように調整して技を放つ。柄なので殺傷性こそないものの、それ相応の痛みは伴う。

もともと、この「徒花」という技は、突き刺した相手の身体から噴き出る血飛沫がまるで咲き乱れる花の如く見えることから付けられた名である。「徒花」とは咲いても実を結ばずに散ってしまう花を指す。この技を繰り出された相手は、血の花を咲かせながら命を散らせる。もしツグナが普段通りにこの技を放っていたら、身体中から血を噴き出して死んでいただろう。ただ咲いて散る徒花のように、大地に冷たく赤黒い血の花を咲かせながら。

まさに、名の通りの技なのであった。

全身に柄による突きを喰らったリュックは、身体をくの字に折れ曲げて真っ直ぐに飛んでいった。リュックはそのまま気を失ったようで、レフェリー役のギルド職員がすぐに駆けつけて状態を把握すると、大きくバツ印のサインを掲げる。

「「「うおおおおおおぉぉぉ！」」」

盛り上がるギャラリーの声を聞きながら、ツグナは慣れた手つきで短剣を鞘に戻す。

登録したての新人である少年が、大手レギオンの冒険者を倒す。そんなセンセーショナルな話題をかっさらいながら、ツグナはこの日、冒険者としての第一歩を踏み出したのだった。

エピローグ

「……何っ？　あのキメラバイトが倒された、だと？」

低く野太い男の声が蝋燭の炎を揺らし、影を歪ませた。薄暗い室内をほんのりと照らすその光は、どこか幻想的である。

「えぇ。確かな情報です。約十日前にあの森に放ったキメラバイトは、その後の経過報告を見る限り順調に育っていました。ただ、つい先日何者かに倒されたようだとの報告が入りました」

男の疑念を受け、今度は若い女性の声が室内に響き渡った。

「倒した者に関する情報は？」

「それはまだ……随時報告するようには伝えてはいますが」

薄暗い室内に集まったのは、この男女を含めて十名に満たない人数だった。皆が皆同じ濃紺のローブを身に纏い、部屋の中央に設置された円卓を囲んでいる。

中央に申し訳程度に配置された蝋燭が仄かな明かりを照らしてはいるものの、互いの顔を見ることはできない。

「実験段階のものだったが、倒されてしまったのは痛い。すぐに穴埋めするのも難しいな。しかし当初の計画では、あの街を破壊するのはまだ先だったはずだ。優先度を下げても計画に支障はない。放ったキメラバイトは目的を完遂させるレベルには至ってなかったしな」

「えぇ。あのキメラバイトを起点に、あの街を、獣人たちとそれに与《くみ》する者を一掃し、あの地を浄化するのが目的でした。まだ時間のかかるものではありましたが……ただ」

「ただ――どうした？　やけに歯切れが悪いな」

円卓の端から若い男の声が上がる。申し訳なさそうに行われる報告に苛立ちを感じていたのか、指でテーブルをコツコツと叩く音が声と一緒に響いてくる。

「対応が早すぎるんですよ」

今度は別の方角から、冷静な女性特有の高い声が上がる。

「あのキメラバイトは倒される頃にはBランクに位置する魔物になっていたはず。仮に森に異変が起きていると気付いたなら、私たちにもそれに対処する動きの報告が届けられていたはずよ。通常ならば大型のレギオンに依頼して探索させるでしょうし」

「だが、俺はそんな話聞いてねぇぞ？」

「えぇ……だとすれば、誰かが少数、もしくは単独で異変を察知し、キメラバイトを屠ったということになる」

「単独で、だと？　だが、あれを倒せるほどの力のある者が動けば、何かしら情報は伝わってくるだろ」

「そう。力のある者はそれだけ有名な者でもあるのだから。けれども、私たちには情報が入ってこなかった……つまり——」

「我々の察知していない『脅威』が存在する、と？」

最初に疑問の声を上げた男の声が室内に轟《とどろ》く。円卓に座る誰しもが沈黙を貫いていたが、その実「いけ好かない」と言わんばかりに顔を歪める者が多くいた。

「でもなぁ。情報がなさ過ぎるだろ。どんな奴なのか分からなければ、対応のしようがないぞ？」

やがて沈黙を破ったのは先ほどの若い男の声であった。

「ですね……そういえば」

「何だ？」

ポツリと呟いた女性の声に、野太い声が反応を示す。先を促された女性は少しばかり焦りつつも、仕入れた情報を提示した。

「いえ、大したことではないのですが。丁度あのキメラバイトが倒されたと同じ時期に、あの街で『冒険者登録』のための試験が行われたようです」

「冒険者登録？　新入り共が最初に行うアレか？　でも、そんなド素人の集まりが、あのキメラバイトを倒せるワケねぇだろ」

若い男の声が、バッサリと切って捨てた。実際にはその言葉は的を外れていたのであるが、あの場で何があったのかを直接見ていない人間にその責任を問うのは酷だろう。

「いずれにせよ、あのキメラバイトが倒されたことについては早々に手を打っておく必要があるな」

しばらくの間を置き、場をとりまとめるように男の声が室内に響く。

『教皇様《イリス》』の抱く理想を実現させるために、またこの『七煌教会《しちこうきょうかい》』の発展のために――他種族は排除されるべきだ。我々『人族』を除く全てが、な」

その男の声に、円卓に座る誰もが頷きをもって返す。計画、浄化、そして暗躍する者たちの影。闇に紛れ、蠢《うごめ》くその人間たちの欲望にツグナが関わることになろうとは、この時はこの場の誰にも予想できなかった。

（キメラバイトの予備はまだ他にもある。だが……障害は早めに取り除いておいた方がいいか――）

めいめいが席を立つ音を聞きながら、男は口の端をわずかに持ち上げるのだった――

ステータス紹介

The Black Create Summoner

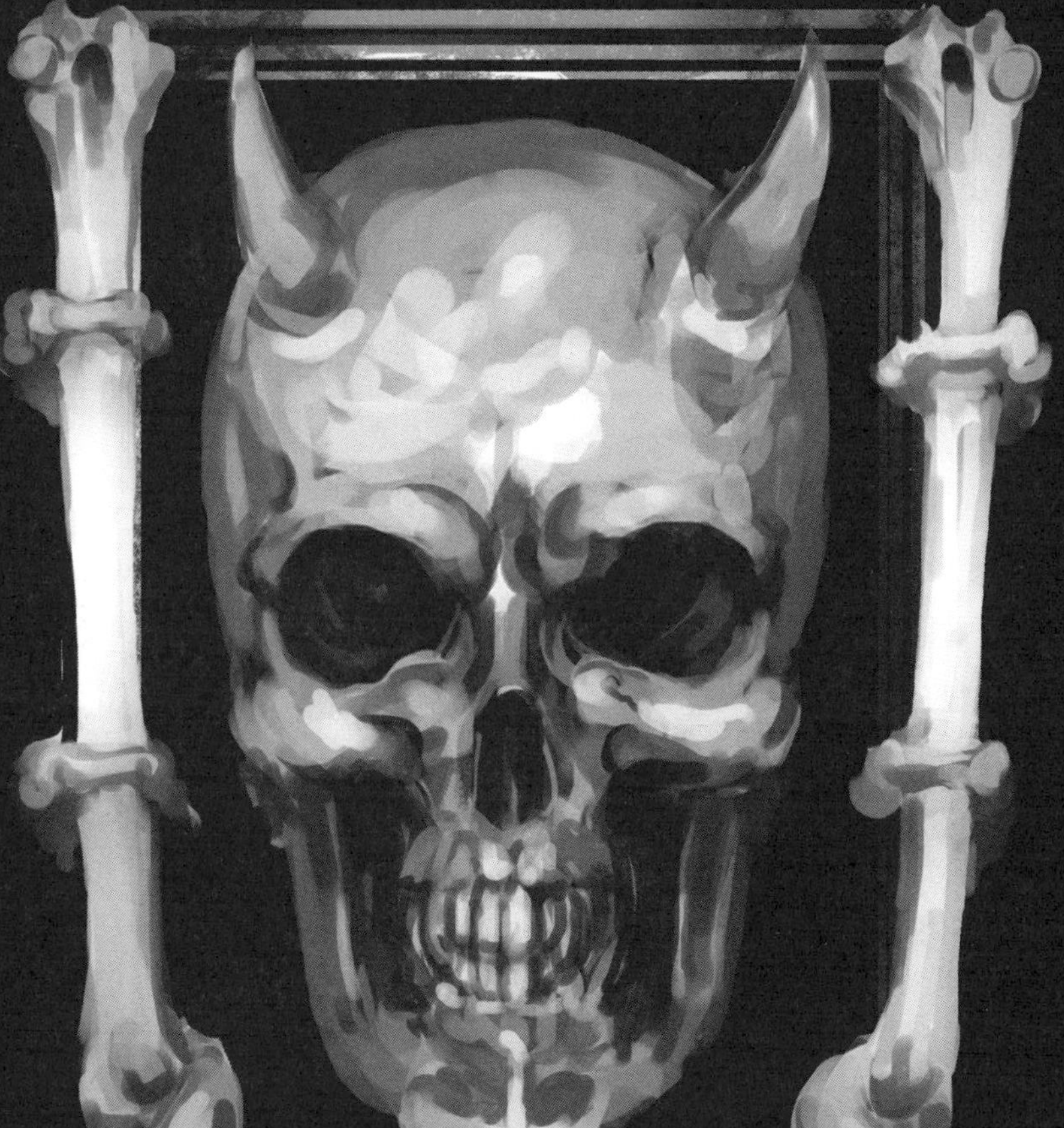

属性

名前　：リル
性別　：メス
レベル：26
年齢　：—
種族　：フェンリル
職種《ジョブ》　：—

ステータス

体力	1210/1210	敏捷	115
魔力	1340/1340	精神	104
筋力	100	器用	93
耐久	91		

スキル

雷系統魔法 …… Lv.3
　[＋疾走紫電]
　[＋雷槌]
　[＋誘導雷陣]
風系統魔法 …… Lv.3
　[＋暴風の嵐]
　[＋疾風斬]
　[＋風塊弾]
複合魔法
　[＋紫電暴風]
　[＋白嵐槍]

固有スキル

瞬足 …… Lv.2

称号

なし

属性

名前　：コクヨウ

性別　：オス

レベル：26

年齢　：—

種族　：—

職種《ジョブ》：—

ステータス

体力	1074/1074	敏捷	115
魔力	1210/1210	精神	104
筋力	94	器用	102
耐久	87		

スキル

火系統魔法……Lv.2

[＋黒翅炎《こくしえん》]

[＋冥焔渦《めいえんか》]

風系統魔法……Lv.3

[＋疾風切り]

[＋風切翼]

複合魔法

[＋黒焔疾走《こくえんしっそう》]

固有スキル

飛翔

称号

なし

属性

名前　：フランメル

性別　：女

レベル：22

年齢　：—

種族　：—

職種《ジョブ》　：—

ステータス

体力	1011/1011	敏捷	98
魔力	1110/1110	精神	118
筋力	90	器用	120
耐久	87		

スキル

錬金魔法 …… Lv.2

［＋複合合成］

［＋精密錬成］

土系統魔法 …… Lv.2

［＋灰塊槍］

［＋土塁壁］

固有スキル

詳細情報解析 …… Lv.3

称号

なし

属性

名前　：サクヅキ

性別　：男

レベル：25

年齢　：—

種族　：—

職種《ジョブ》　：—

ステータス

体力……1130/1130

魔力……982/982

筋力……118

耐久……115

敏捷……99

精神……93

器用……90

スキル

二刀剣術……Lv.3

[＋燎原氷獄《りょうげんひょうごく》]

[＋灰燼一刀《かいじんいっとう》]

[＋夢幻氷檻《むげんひょうかん》]

固有スキル

魔力転換……Lv.2

称号

なし

Tenseishichattayo!
転生しちゃったよ
いや、ごめん
ヘッドホン侍
Headphonesamurai
第7回アルファポリスファンタジー小説大賞特別賞受賞作!
0歳からのチート生活、開幕!

Tenseishichattayo!
転生しちゃったよ
いや、ごめん
ヘッドホン侍
Headphonesamurai
平凡高校生の俺が貴族に転生しちゃったよ、ベタでごめん!
魔力膨大、全属性使用可能
おれ、しゅごくね?
アルファポリス
0歳からのチート生活、開幕!
第7回アルファポリスファンタジー小説大賞特別賞受賞作!

MAKEN NO DAYDREAMER

魔拳のデイドリーマー 1～3

NISHI OSYOU

西 和尚

累計6万部
大人気
Web小説！

新世界で獲得したのは異能の力――
炎、雷、闇、光…を操る

最強魔拳技《マジックアーツ》！

転生から始まる
異世界バトルファンタジー！

大学入学の直前、異世界に転生してしまった青年・ミナト。気づけば幼児となり、夢魔《サキュバス》の母親に育てられていた！魔法にも戦闘術にも優れた母親に鍛えられること数年、ミナトはさらなる成長のため、見知らぬ世界への旅立ちを決意する。
ところが、ワープした先はいきなり魔物だらけのダンジョン。群がる敵を薙ぎ倒し、窮地の少女を救う――ミナトの最強魔拳技が地下迷宮で炸裂する！

各定価：本体 1200 円＋税　illustration : Tea

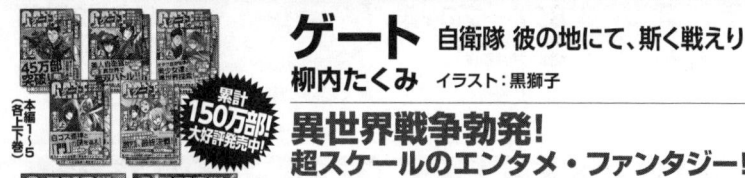

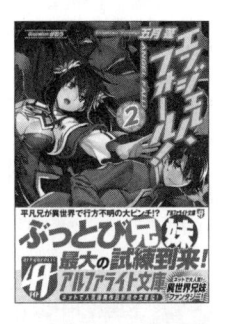

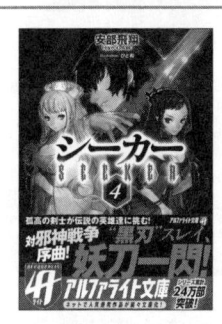

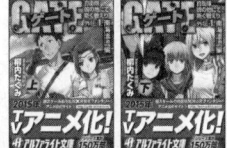

ALPHAPOLIS
アルファポリス

作家 出版原稿 募集!

アルファポリスでは才能ある作家 魅力ある出版原稿を募集しています!

アルファポリスではWebコンテンツ大賞など
出版化にチャレンジできる様々な企画・コーナーを用意しています。

まずはアクセス! アルファポリス 検索

アルファポリスからデビューした作家たち

ファンタジー

柳内たくみ
『ゲート』シリーズ

あずみ圭
『月が導く異世界道中』シリーズ

如月ゆすら
『リセット』シリーズ

恋愛

井上美珠
『君が好きだから』

一般文芸

秋川滝美
『居酒屋ぼったくり』シリーズ

市川拓司
『Separation』
『VOICE』

児童書

川口雅幸
『虹色ほたる』
『からくり夢時計』

ホラー・ミステリー

相本孝思
『THE CHAT』
『THE QUIZ』

＊次の方は直接編集部までメール下さい。

◉ 既に出版経験のある方（自費出版除く）
◉ 特定の専門分野で著名、有識の方

詳しくはサイトをご覧下さい。

アルファポリスでは出版にあたって
著者から費用を頂くことは一切ありません。

フォトエッセイ

吉井春樹
『しあわせが、しあわせを、みつけたら』
『ふたいち』

ビジネス

佐藤光浩
『40歳から成功した男たち』

幾威空（いくいそら）
作家を夢見た、埼玉県出身の企業戦士。趣味は読書（ラノベ）と音楽（アニソン）鑑賞。2014年より「黒の創造召喚師」をWeb上にて（細々と）連載開始。同作で「第7回アルファポリスファンタジー小説大賞」特別賞を受賞し、出版デビューに至る。

イラスト：流刑地アンドロメダ

本書は、「小説家になろう」（http://syosetu.com/）に掲載されていたものを、改稿のうえ書籍化したものです。

黒《くろ》の創造召喚師《そうぞうしょうかんし》

幾威空

2015年 1月 31日初版発行

編集－宮坂剛・太田鉄平
編集長－塙綾子
発行者－梶本雄介
発行所－株式会社アルファポリス
〒150-6005 東京都渋谷区恵比寿4-20-3 恵比寿ｶﾞｰﾃﾞﾝﾌﾟﾚｲｽﾀﾜｰ5F
TEL 03-6277-1601（営業）03-6277-1602（編集）
URL http://www.alphapolis.co.jp/
発売元－株式会社星雲社
〒112-0012東京都文京区大塚3-21-10
TEL 03-3947-1021
装丁・本文イラスト－流刑地アンドロメダ
装丁デザイン－ansyyqdesign
印刷－中央精版印刷株式会社

価格はカバーに表示されてあります。
落丁乱丁の場合はアルファポリスまでご連絡ください。
送料は小社負担でお取り替えします。

ISBN978-4-434-20241-4 C0093